LA VENGEANCE DU LOUP

DU MÊME AUTEUR

Romans

LES ENFANTS DE L'AUBE, Lattès, 1982.
DEUX AMANTS, Lattès, 1984.
LA TRAVERSÉE DU MIROIR, Balland, 1986 ; Fayard, 2006.
LES LOUPS ET LA BERGERIE, Albin Michel, 1994.
UN HÉROS DE PASSAGE, Albin Michel, 1996.
UNE TRAHISON AMOUREUSE, Albin Michel, 1997.
PETIT HOMME, Albin Michel, 1999.
L'IRRÉSOLU, Albin Michel, 2000 (prix Interallié).
UN ENFANT, Albin Michel, 2001 (prix des lecteurs du Livre de Poche).
J'AI AIMÉ UNE REINE, Fayard, 2003.
LA MORT DE DON JUAN, Albin Michel, 2004 (prix Maurice Genevoix).
PETIT PRINCE DU DÉSERT, Albin Michel, 2008.
FRAGMENTS D'UNE FEMME PERDUE, Grasset, 2009.
LE CRÉPUSCULE DES HÉROS (trilogie), France Loisirs, 2010.
RAPACES, Le Cherche Midi, 2012.
UN HOMME EN FUITE, Robert Laffont, 2015.

Avec Olivier Poivre d'Arvor

LE ROMAN DE VIRGINIE, Balland, 1985.
LA FIN DU MONDE, Albin Michel, 1998.
DISPARAÎTRE, Gallimard, 2006.
J'AI TANT RÊVÉ DE TOI, Albin Michel, 2007.

(Suite en fin de volume)

PATRICK POIVRE D'ARVOR

LA VENGEANCE DU LOUP

roman

BERNARD GRASSET
PARIS

Photo de la bande : © JF Paga.

ISBN : 978-2-246-81809-0

« La vanité consiste à vouloir paraître ;
L'ambition, à vouloir être ;
L'amour-propre, à croire que l'on est ;
La fierté, à savoir ce que l'on vaut. »

Lettre du Comte Raczynski
à Juan Donoso Cortés,
26 décembre 1849

À Charles et à Blanche,
quand ils seront à l'Élysée.

Première partie

L'ENFANCE D'UN CHEF

– I –

Charles aimait les crépuscules. Depuis sa plus tendre enfance qu'il avait eu la chance de passer en Asie, il adorait ces minutes incertaines, mais inéluctables, où la nuit finit par vaincre le jour. Il les attendait longuement, comme une délivrance, parce qu'il s'ennuyait lors des journées ordinaires, à rêver sans but, mais aussi parce qu'il savait qu'à une certaine heure il sortirait de sa torpeur, saisi d'une vigueur qui ne lui était pas habituelle.

On le disait volontiers dans la lune, voire lymphatique. C'était son état naturel, il ne l'aimait pas, surtout quand il se comparait à ses camarades de classe, mais il ne faisait rien pour le combattre. Il lui semblait qu'il en serait ainsi jusqu'à la fin de ses jours et qu'il lui fallait simplement s'accommoder de ce handicap qui l'empêchait d'avoir les mêmes appétits que le commun des mortels. Par quels ressorts les autres étaient-ils donc mus, pourquoi ce dynamisme, cette envie de toujours vouloir « faire » ou défaire ? Charles se persuadait que, bébé, il avait dû être piqué par une mouche tsé-tsé et que tout en lui, vu de l'extérieur, fonctionnerait toujours au ralenti.

De l'extérieur, car à l'intérieur c'était une tout autre chanson. Son cerveau bouillonnait d'idées et de rêves, il aurait tant voulu avoir mille vies, nimbées de gloire le plus souvent, mais aussi de tendresse. Du haut de ses 10 ans, il avait déjà son opinion diffuse sur l'amour, celui qui plus tard, il en était sûr, le gouvernerait plus que tout au monde.

Voilà pourquoi chaque soir, il attendait avec impatience cette heure magique où des forces, telluriques à n'en pas douter, s'empareraient de son être pour le réveiller et lui redonner confiance en son destin comme dans le monde médiocre où il avait le sentiment d'évoluer. Cet instant de la journée, qu'on qualifiait naguère « entre chien et loup », s'accompagnait, surtout en été et à l'automne, de furieuses épousailles entre ciels bleus et ciels noirs.

Charles, qui se morfondait tant le jour durant, croyait en la rédemption par le crépuscule. Il y avait le paradis pour les âmes discrètes et le crépuscule pour celles qui trouvaient interminables ces journées de mortel ennui. Et s'il n'y avait eu que l'ennui…

L'enfant souffrait en effet de deux langueurs assassines. Il voulait bien oublier le peu d'estime qu'il avait de lui-même. Mais il lui était insupportable que les deux personnes auxquelles il devait la vie fissent aussi peu de cas de son discret passage sur terre.

Son sort, à première vue, n'était pas indifférent à sa mère. Bien au contraire, elle lui démontrait son affection à grands renforts d'effusions qui parfois même le gênaient. Telle était sa nature, extravertie, vouée à l'ostentation des sentiments, mais quelque peu envahissante pour un garçonnet si frêle, replié sur lui-même, rêveur et solitaire. De cela, il ne pouvait guère lui en vouloir, tant elle paraissait sincère dans l'expression exagérée de son amour pour lui. Il aurait simplement préféré qu'elle réserve ces manifestations affectueuses à leur sphère privée. Dans ces moments-là, il se laissait aller, sa tête retrouvait la douce chaleur du ventre de sa mère et il était le plus heureux des petits garçons. Mais elle ne savait pas davantage contenir ses débordements en public. Pour un enfant si réservé, c'était un supplice. Il guettait la réaction de ses camarades à la sortie de l'école et, même s'il n'avait pas grand mal à se persuader que sa mère était la plus belle de toutes les mamans de la terre, cela le blessait de pouvoir envisager qu'on se moquât de lui, et pire encore, d'elle.

Mais cela n'était rien à côté du malaise qu'il ressentait lorsqu'il croisait – ou devinait – le regard d'un homme sur celle qui l'avait mis au monde. Il ne suffisait pas qu'il fût insistant, il eût simplement fallu qu'il n'existât point. Ne sachant rien, ou presque, des affaires de la sexualité, il ne pouvait s'imaginer le processus qu'installaient ces œillades mais il devinait fort bien qu'il s'agissait d'abord de lui ravir un peu de son amour pour lui… Et, par-dessus tout, il détestait que sa mère pût être salie par ces yeux d'hommes.

Il ne les aurait peut-être pas détectés si elle n'avait pas répondu à ces invites, de temps à autre, par un imperceptible battement de cils. Imperceptible de tous, sauf de Charles. Et de quelques renards rusés qui s'y entendaient plus que d'autres en la matière. Ces jolis cœurs insupportaient le garçonnet qui les repérait de loin à leurs manières mielleuses, faussement désintéressées et profondément agaçantes. Il leur arrivait d'amorcer leur tentative de séduction par un hommage appuyé au « si joli petit garçon » qui accompagnait sa maman. Si joli, si poli et tout et tout… Ces escrocs ne reculaient décidément devant rien, tant il était clair que l'enfant ne leur importait guère. Mais ils savaient qu'il n'y avait pas mieux qu'une flatterie déposée aux pieds du fils pour atteindre le cœur d'une mère, surtout quand elle n'a que 30 ans.

Charles ne voulait donc pas servir d'alibi. Il sentait bien que sa mère restait trop vulnérable, trop incertaine face à cette multiplication d'assauts ; elle était en effet très belle, et donc très désirable. On disait d'elle qu'elle avait « une allure folle » et cela plaisait à l'enfant. Elle relevait de temps à autre sa chevelure, qu'elle avait abondante, en un geste d'une absolue sensualité, et feignait de ne pas percevoir l'effet qu'elle déclenchait instantanément. Ses rivales lisaient en revanche très bien dans son jeu semi-conscient et la plupart la jalousaient ouvertement. Certaines la détestaient, d'autres l'enviaient.

Quant à son port de tête, il était princier. Elle offrait son visage, très légèrement de biais, comme on l'eût fait d'un présent de prix, sans ostentation. Mais elle savait en ces moments-là qu'elle plaisait et intriguait. Elle regardait alors ses interlocuteurs par en dessous, en donnant l'impression de ne pas y toucher, et ne plantait jamais son regard dans celui de l'autre. À ceux qui lui reprochaient d'exciter ainsi la convoitise des hommes, elle prétextait une myopie qui ne semblait pourtant pas la gêner au quotidien.

Son mari, le père de Charles, laissait faire, sans jamais murmurer la moindre remarque. Pourtant, il souffrait en silence. Il n'était dupe de rien, connaissait par le menu les moindres ruses de ses congénères masculins – et mieux qu'un autre le jeu trouble de son épouse –, mais il avait décidé de ne rien laisser paraître des morsures de la jalousie. « Ce serait s'abaisser », avait-il dit un jour à son meilleur ami.

De sorte que Charles supportait pour deux l'affront que leur infligeait sa mère.

– II –

À 10 ans on est grand mais on reste un enfant. Charles se savait dépendant, et il en souffrait. Dépendant de l'affection de sa mère, impuissant face au manque d'intérêt que lui manifestait son père, et embarrassé de cette considération qu'il quémandait en vain. Comment exister à ses yeux, alors qu'on n'a ni la force, ni la ruse, ni le savoir, ni l'expérience ? Dans l'ennui de ses nuits sans pluie, il rêvait de coups d'éclat qui le distingueraient aux yeux des humains, à commencer par ses parents. Lorsqu'il pleuvait, ses rêves étaient encore plus glorieux. Il se levait pour observer l'eau qui ruisselait sur la porte-fenêtre et, payant d'audace, il l'ouvrait, ôtait sa veste de pyjama et affrontait la pluie sur le balcon. Elle dégoulinait sur ses cheveux, son torse, son pantalon jusqu'à se coller à sa peau. Dans ces instants-là, Charles se trouvait beau, et même invincible. Mais la pluie finissait toujours par cesser, et avec elle sa confiance en lui.

Un soir il cria sur le balcon dans l'obscurité : « Je serai président de la République ! »

La nuit et la pluie emportèrent ses paroles.

– III –

Il aurait pu tout aussi bien crier : « Je suis le roi du monde ! » Car le monde, pensait-il, appartient à ceux qui ont envie de le dévorer mais qui ne le disent pas. Charles ne parla donc à personne de son rêve de gloire.

Ni à sa mère parce qu'elle aurait souri, l'aurait attiré contre sa poitrine puis serait partie de son rire en cascade qui faisait tout son charme : « Qu'il est drôle ce petit ! Comment ai-je pu enfanter un pareil phénomène ! »

Ni à son père, parce qu'il aurait levé sur lui une paupière soupçonneuse, lourde de sous-entendus. Il n'aurait même pas eu besoin de prononcer la sentence : « Pour qui se prend-il ce petit morveux ? Qu'il commence d'abord par travailler ses maths et son latin ! »

Ni à ses amis, parce qu'il n'en avait pas. Il était beaucoup trop timide pour lier connaissance. Ses camarades étaient tous plus âgés que lui car il avait sauté une classe à la fin de la maternelle et ils le dépassaient en général d'une bonne demi-tête. À 10 ans, ça compte. Il n'avait donc aucun confident.

Alors, pourquoi vouloir devenir président de la République quand on n'est même pas capable de recueillir un seul suffrage dans sa propre école ? Il n'avait pas osé se présenter à l'élection des délégués de classe bien qu'il en brûlât d'envie. Depuis son plus jeune âge, il était révolté par le sentiment d'injustice et s'était persuadé qu'il saurait mieux qu'un autre représenter et défendre ses camarades. Mais à quoi bon essayer de concourir quand on ne sait pas parler en public et qu'on n'a même pas un ami sur qui compter ?

Il n'empêche. Au tréfonds de lui, il y avait cette ambition-là, chevillée au corps comme un ressort qui l'aidait à s'épanouir, à se fortifier. Être au-dessus des autres, non pour les dominer mais pour s'en distinguer. Ne ressembler à personne, ne dépendre de personne. Ni maître ni exemple. Un homme libre tout simplement, dans un monde de moutons. Pas si facile, quand on est à ce point timide, mais peut-être nécessaire pour s'affranchir de cette sauvagerie, voire de cette misanthropie qui le coulerait par le fond, il le sentait bien, s'il s'y abandonnait.

Jour après jour, Charles éprouva donc sa capacité à devenir singulier, autant qu'inaltérable. Il s'entraîna chaque nuit, sur son balcon, à résister au froid, retirant son pyjama et bandant ses muscles pour empêcher rhume, congestion pulmonaire ou toute autre maladie qui aurait prétendu le terrasser. Et cela marchait. Jamais il n'éternua. Petite victoire qui en annonçait d'autres.

Les nuits suivantes, il s'échappa discrètement de chez lui en arrimant une corde à son balcon puis en s'agrippant à une gouttière recouverte de lierre. Il s'était exercé pendant les cours d'éducation physique bien que jusqu'alors la seule vision d'une corde à nœuds le terrifiât. Décimètre par décimètre, il gagnait du terrain sur ses phobies. Du terrain et des muscles ; il n'en était guère pourvu par la nature.

Parvenu dans le jardin de la maison, il s'essayait ensuite à avancer dans le noir, juste pour éprouver son courage. Il s'éloignait par cercles concentriques des zones familières ou faiblement éclairées. Il se prenait parfois les pieds dans un massif de fleurs ou dans un buisson mais il continuait son exploration de l'inconnu, avec au ventre la peur panique de frôler une bête. Ayant lu *Poil de Carotte*, il voulait se persuader que le héros de Jules Renard était encore beaucoup plus courageux que lui parce qu'il habitait à la campagne et que là-bas, non loin du poulailler, régnaient les prédateurs.

Il ne racontait rien de ses expériences nocturnes, ni en classe ni à la maison. Il restait toujours aussi taciturne, réservé, disaient les plus indulgents de ses professeurs. Au fond, il n'avait rien à dire à personne, et peu à apprendre de ses congénères. C'est pourquoi il lisait frénétiquement tous les livres qui lui passaient par les mains, et d'abord ceux qu'il trouvait dans la bibliothèque de son père. Du moins ceux dont le titre ou le résumé en quatrième de couverture lui inspiraient sympathie ou curiosité. Il lisait sans ordre, sans hiérarchie et le plus souvent sans connaissance particulière de l'auteur. Mais quand il en aimait un, il partait à la recherche de ses autres ouvrages. Il se forgea ainsi, non pas une culture car il avalait trop vite et sans discernement, mais une connaissance du monde et surtout, il se construisait une personnalité. L'amour, il l'apprit dans les livres. La haine aussi, car elle lui était naturellement étrangère. Tout y passa, la jalousie, la trahison, la mort aussi qui s'invitait si régulièrement dans la littérature mais qui lui était jusqu'alors inconnue. Il n'avait jamais vu quelqu'un mourir près de lui, ni même entendu parler de la disparition d'un proche.

C'est ainsi qu'il se créa son monde, naïf mais romanesque. Les sentiments ne pouvaient être qu'exacerbés, violentes les mélancolies et puissantes les exaltations. Il y avait le chaud, si possible brûlant, le froid, de préférence glacial, mais jamais le tiède. Il y concevait le noir, profond comme un tunnel, le blanc, immaculé comme l'Antarctique. Il récusait le gris. Les femmes étaient des princesses, ou des filles mères, séduites puis abandonnées, les hommes des poètes ou des rois, des réprouvés ou des bannis. Charles vivait par procuration, et vivait bien.

Il était maître de son monde. Celui des autres était peuplé de cafards et de limaces, mais il se gardait bien de le leur faire remarquer. Il restait muet dans les instants ordinaires, économe de sa parole dans les grandes occasions.

C'est ainsi qu'il grandit et se fortifia.

– IV –

Peu avant son douzième anniversaire, alors qu'il se préparait à passer en quatrième, Charles fut frappé par le changement de comportement de sa mère. Elle se maquillait davantage mais sortait moins. Elle ne minaudait plus guère avec les hommes et semblait se rapprocher de son mari. Lui-même était plus attentionné et multipliait les égards pour sa femme enfin retrouvée.

Un bref moment, leur fils fut saisi du bonheur intense que connaissent tous les enfants qui redoutent le divorce de leurs parents. Gauche mais plus tendre vis-à-vis de sa mère, il essaya de se rapprocher de son père, cependant les mots ne venaient jamais.

Sa joie fut hélas de courte durée.

Une nuit, alors qu'il terminait ses révisions, il descendit au rez-de-chaussée pour grignoter une grappe de raisin dans la cuisine. Son attention fut attirée par un râle puis le bruit d'une régurgitation qui se perdit dans celui de l'eau qui coulait dans le lavabo. Quand la porte s'ouvrit, il reconnut la silhouette de sa mère. Il ne se manifesta pas et resta à demi caché derrière le réfrigérateur. Il suivit de loin sa démarche hésitante et sa difficulté à remonter l'escalier en s'appuyant lourdement sur la rampe. Pour la première fois de sa vie, Charles eut l'impression que sa mère, affaiblie, n'était plus resplendissante.

Cette nuit-là, il dormit mal. Il se reprocha ce regard indiscret sur la femme de sa vie, qu'il désirait en secret depuis l'enfance.

Le lendemain, il l'observa du coin de l'œil. Oui, elle avait vieilli et perdu de son éclat. Il lui sembla que, par moments, elle devenait grave avant de se reprendre presque aussitôt. Le petit oiseau des îles était bel et bien envolé. Il avait laissé la place à une femme-enfant qui se flétrissait. À la commissure des lèvres, se nichait une ride qui ne devait plus rien aux rires joyeux. Sa mère était malade, il en avait la certitude.

Avant d'oser lui parler, il souffrit beaucoup en silence. Trois nuits de suite, il ne put fermer l'œil ni se concentrer sur ses révisions. Les pensées les plus noires s'agitaient en lui. Et si un jour sa mère disparaissait ? C'en serait fini de son monde fragile, où cette femme, si frivole fût-elle, offerte à d'autres que lui, était sa seule boussole. Comment imaginer de cohabiter avec ce père lointain, si peu intéressé par lui ?

Au cinquième jour, il se décida à aller chercher les réponses qui le taraudaient. Il le fit avec front et se découvrit une éloquence dont il ne se croyait pas capable. Quand il eut fini, sa mère fixa son regard dans le sien, ce qu'elle ne faisait jamais, et ne chercha pas à esquiver. Oui, elle était malade et bien malade, un cancer et un méchant. Charles était désemparé. Il se retint pour ne pas pleurer mais ses yeux étaient humides. Sa mère lui tapota l'épaule :

— Je ne te demande pas d'être courageux. Souhaite-moi de l'être.

Habituellement si volubile, elle se tut et se contenta de regarder son fils sans baisser les yeux.

Quand il se leva, parce qu'il n'y avait plus rien à dire, et qu'il ne voulait surtout pas sangloter, elle lui dit simplement :

— Aide-moi à ne pas m'effondrer, à ne jamais devenir une vieille dame malade.

Il se rua dans sa chambre pour pleurer tout son saoul.

Plus jamais ils n'évoquèrent cette conversation. Jusqu'au jour où, quelques semaines plus tard, sa mère le convoqua dans ses appartements.

– V –

— Voilà, mon fils. C'est bientôt le bout du chemin, dit-elle sans préambule. J'ai fait ce qu'il fallait pour rester belle jusqu'au bout, pour me regarder dans la glace sans trop de gêne. Et quand on a un beau garçon comme toi, amoureux de sa maman, il ne faut pas le décevoir, ajouta-t-elle avec un pauvre sourire.

Charles voulut dire quelque chose pour la sermonner, ou la consoler, mais aucune parole ne vint. Il n'aurait pas supporté de mentir à sa mère, même pour lui faire plaisir.

— Mais j'ai quelque chose de très important à te dire, poursuivit-elle. Je te demande simplement de ne pas me juger.

Elle s'interrompit, en le regardant fixement, comme pour s'assurer qu'elle pouvait vraiment lui ouvrir son cœur.

— Il y a douze ans, juste avant de rencontrer ton père, j'ai eu la chance de vivre une histoire d'amour assez brève mais très intense avec un homme à l'époque très connu. Nous l'avons vécue dans la clandestinité parce qu'il était marié. Je suis tombée enceinte. Il avait toujours été très clair avec moi : il ne voulait pas d'enfant. Il avait failli en avoir, et l'envie lui était passée. Mais moi, j'étais jeune et je l'aimais. Il était beau, très intelligent. J'ai pensé que ce pourrait être un père idéal, même si je ne vivais pas avec lui. Je lui en ai parlé, il m'a dit que c'était une très mauvaise idée, que je ne savais pas ce qu'était la vie d'une mère célibataire mais il ne m'a pas formellement demandé d'avorter. De toute façon, c'était mon corps, il n'appartient qu'à moi. Quand je lui ai fait part de ma décision, il m'a répété son opposition et m'a dit qu'il allait être obligé de me quitter. Il lui en coûterait, mais il le ferait. J'avais naïvement imaginé qu'il accepterait au moins d'être le père de notre enfant. Je ne lui demandais pas de divorcer. Il s'est montré inflexible et ça m'a blessée. Ce qui m'a encore plus blessée, c'est qu'il m'a proposé de l'argent pour pourvoir à l'éducation de cet enfant. À la réflexion, beaucoup plus tard, j'ai trouvé que c'était plutôt généreux de sa part. Il n'était pas obligé après tout, puisqu'il ne voulait pas que je le garde. Mais sur le moment je ne pensais pas à tout ça. J'étais dévastée à l'idée de perdre cet homme. Pourtant, c'était plus fort que moi, je refusais d'interrompre ma grossesse. Mon désir d'enfant devenait plus fort que le désir de cet amant-là. Tu comprends, mon fils ?

— Oui maman.

— Et tu as compris qui est cet enfant ?

— C'était moi ?

— C'est toujours toi. C'est ainsi que tu es devenu la personne la plus importante de mon existence. Je n'avais que ressentiment pour cet homme mais c'est grâce à lui, même contre sa volonté, que tu es arrivé. Rien que pour cela, je ne le remercierai jamais assez.

— Tu l'as revu ?

— Non. Pendant de longues années, il est resté pour moi comme un poignard fiché en plein cœur. Je ne pouvais le retirer sans me faire encore plus de mal. Cent fois, mille fois, j'ai eu envie de reprendre contact avec lui mais au dernier moment je me retenais. Ce fut insupportable car je savais très bien comment le joindre. Il n'y avait jamais eu de dispute entre nous. Jusqu'au dernier jour. Il devait savoir combien j'étais malheureuse, pourtant il ne s'est jamais manifesté. Je lui en ai beaucoup voulu, pour cette absence plus que pour tout le reste. Mais par orgueil je ne pouvais le montrer, j'attendais qu'il fasse le premier pas. Il ne l'a jamais fait.

— Et papa dans tout ça ?

— Il a été formidable, je voudrais que tu ne l'oublies jamais. Je l'avais rencontré bien avant de connaître l'amour de ma vie. Il me courtisait assidûment mais rien ne s'était passé entre nous. Pour te dire les choses crûment, je n'ai jamais été attirée par lui. Mais ce n'était pas grave. Il y a plus important dans la vie. Lui, il était fou de moi. Il a essayé de devenir mon meilleur ami mais ce n'était pas facile. Je sentais bien qu'au fond de lui il y avait toujours du désir. Je feignais de ne pas m'en apercevoir et je me gardais de toute allusion pendant nos conversations. Au plus fort de ma relation avec mon amoureux, j'ai évité de le voir. Je n'en avais aucune envie et je savais qu'il en aurait souffert. Je ne voulais pas me comporter comme une écervelée en le rendant jaloux. Mais quand j'ai appris que j'étais enceinte, je n'ai pas pu m'empêcher de le lui dire. Il a été le premier à savoir. Même tes grands-parents n'ont pas été au courant tout de suite. Il a été mon confident de tous les instants. Dès lors, je ne pensais plus à ce qu'il pouvait ressentir. J'étais tout entière centrée sur ma propre douleur et je parlais, je parlais… Il écoutait. Jamais un jugement sur moi, sur l'autre. Des conseils, pas d'injonctions. Et au-delà de tout, une tendresse magnifique. Il me tenait la main. Je me suis laissé accompagner sans me poser de questions.

Quand tu es né, il était là, seul avec ma mère, et tout naturellement, il m'a proposé de te reconnaître, de te déclarer son fils. Je lui ai encore répété que je ne l'aimais pas, du moins au sens fort du mot amour entre un homme et une femme. Il m'a redit qu'il le savait bien et qu'il ne s'illusionnerait jamais sur mes sentiments. Ce qui lui importait plus que tout, c'était le cadeau que je lui faisais en l'autorisant à devenir le père de mon enfant. Et, si je le voulais, en l'épousant. Que répondre à cela ?

À ces mots, elle s'interrompit quelques secondes. Les mots avaient plus de mal à sortir de sa gorge, nouée et palpitante. Charles ne pouvait davantage parler. Il se contenta de lui serrer très fort le poignet pour lui signifier que désormais c'est lui qui l'accompagnerait, comme son père avait su le faire douze ans plus tôt.

Elle reprit son récit.

— Je n'ai jamais regretté de lui avoir dit oui. Il a été princier. À aucun moment il ne m'a reproché d'avoir aimé l'autre, ni même de continuer à l'aimer car il savait bien qu'en secret, je brûlais toujours de passion. À aucun moment il ne m'a obligée à l'aimer, lui. Il est resté stoïque ; j'ai essayé de mon côté de ne jamais l'embarrasser ni l'humilier. C'était, je crois, un bon accord entre personnes intelligentes. Il m'a rendue heureuse en me permettant de t'élever dans les meilleures conditions et en respectant scrupuleusement ma liberté, et même mes caprices car je sais bien que je n'ai pas toujours été une sainte. Je l'ai rendu heureux en lui permettant de réaliser son rêve, m'épouser, et d'apparaître aux yeux de tous comme le père d'un si joli petit garçon. Jamais nous n'avons parlé à quiconque des conditions de ta conception. Seule peut-être ta grand-mère s'est posé des questions, il m'a semblé en tout cas, mais elle n'est jamais allée au-delà de l'allusion. Tu es le seul à savoir, avec ton père. Par respect pour lui, je te demanderai de ne pas en parler autour de toi, du moins jusqu'à sa mort...

Elle frissonna puis se reprit :

— Il sait ma démarche d'aujourd'hui. Par honnêteté, j'ai voulu le tenir au courant de mes intentions. Il m'a encouragée. Ton père est vraiment un être supérieur, je sais bien que vous avez un peu de mal à communiquer tous les deux, mais c'est parce qu'il est très pudique. Ce n'est pas du tout parce que tu n'es pas de lui. Quand je serai partie, essayez de vous parler.

Son regard s'embua.

— Essayez. En tout cas, faites au mieux. En mémoire de moi.

Ce fut Charles qui sanglota, submergé par l'émotion. La première réplique qui lui passa par la tête était idiote mais elle se voulait rassurante :

— Ne te presse pas. On a tout notre temps.

Et il voulut partir en courant.

Sa mère le retint et l'attira à elle en posant sa tête sur sa poitrine. Elle lui caressa la nuque comme elle l'avait toujours fait depuis qu'il était bébé. Elle savait qu'il pleurait mais ne voulait pas l'embarrasser en le relevant trop tôt.

Leur silence dura très longtemps.

– VI –

Le lendemain, l'état de sa mère empira au fil de la journée. Charles voulut la revoir une dernière fois mais son père l'en dissuada. Il s'agenouilla devant lui, à hauteur d'homme, de petit homme, et lui chuchota à l'oreille qu'elle ne voulait pas.

— Elle est trop diminuée, lui dit-il, elle a beaucoup de mal à parler et elle ne veut surtout pas que tu la voies dans cet état-là. Tu sais combien elle est coquette, poursuivit-il en souriant, elle ne s'est pas maquillée, ça ne lui arrive jamais, et elle tient à rester à tes yeux la plus belle des mères. Ne le lui reproche pas. Moi je ne lui reprocherai jamais rien.

Il avait semblé à Charles que son père avait appuyé sa dernière phrase comme en écho à la conversation de la veille avec sa mère. Mais il n'était sûr de rien. Il y avait repensé toute la nuit. Tant de questions l'assaillaient, et surtout cette douleur sourde qui ne le quittait plus : il allait perdre sa mère. Comment vivre sans elle ?

Son père n'insista pas. Il sortit de sa poche une lettre et la tendit à Charles.

— Ta maman l'a écrite la nuit dernière. Elle te demande une dernière faveur : ne l'ouvre pas avant qu'elle ne nous quitte. Ça va être très dur pour nous deux, mais je suis un adulte et tu es un enfant. C'est à moi de t'aider. Pardonne d'ores et déjà mes maladresses, je ne suis pas doué pour les confidences et, même avec ta mère, j'avais du mal à exprimer mes sentiments. Alors on va se débrouiller tous les deux comme on le pourra, comme des grands garçons. D'accord ?

Charles fit oui de la tête. Son père l'embrassa pour la première fois.

À 19 h 50, sa mère les quitta, en silence.

– VII –

Pendant plusieurs mois, Charles se mura dans un mutisme proche de l'autisme. Il se détacha peu à peu des rares amis qu'il avait fini par se faire à l'école et ne parvint pas non plus à engager le dialogue avec son père, aussi malheureux que lui. Ils étaient tous les deux fautifs. L'adulte sans doute davantage que l'enfant mais c'est parce qu'il était handicapé de l'expression du sentiment, et cette pudeur, portée en bandoulière comme un attribut de dignité suprême, ne permettait aucun échange.

Charles en souffrait secrètement. Au fond de lui, il se persuadait que son père ne l'avait jamais aimé parce qu'il était l'enfant d'un autre. Et puisque l'homme qui l'avait élevé ne se décidait toujours pas à faire le premier pas – il lui arrivait même de passer des journées entières sans adresser un mot à son fils –, le garçonnet se résolut à ouvrir l'enveloppe que lui avait léguée sa mère juste avant de mourir. Elle était là, bien en évidence sur son bureau d'écolier le jour, et cachée sous son oreiller la nuit ; il n'avait osé y toucher. Voilà longtemps qu'elle ne portait plus la trace du parfum de sa mère. Elle restait pourtant intacte, comme si l'ouvrir menaçait le souvenir même de l'adorée. Il devinait ce qu'elle contenait : l'identité de son père biologique. Tenter de le connaître, c'était aussi blesser, peut-être cruellement, l'homme qui, en toute connaissance de cause, lui avait remis l'enveloppe.

Un soir qu'ils dînaient tout seuls, sans parler, si ce n'est pour échanger des banalités, Charles estima qu'il n'avait plus rien à faire à cette table sinistre et se leva, la dernière bouchée avalée. Son père le sermonna, pas très violemment, juste pour lui rappeler cette élémentaire politesse : demander la permission de quitter la table. Charles prit la mouche, ce qu'il ne faisait jamais. Il répliqua qu'il en avait assez de cette absence de dialogue et qu'il préférait partir lire dans sa chambre. Son père répondit par un accès d'autorité déplacé.

Charles fut alors saisi d'une bouffée de colère et claqua violemment la porte de la salle à manger avant d'aller se réfugier dans sa chambre et de s'y enfermer à double tour.

C'est alors que, par vengeance plus que par curiosité, il se décida à ouvrir la lettre de sa mère.

– VIII –

Si l'enveloppe avait perdu le parfum de sa mère, la lettre en avait gardé quelques effluves et le cœur de Charles en fut chaviré.

Depuis l'enterrement, il était habité par une obsession morbide. Il imaginait le corps de sa mère se décomposant lentement. L'image de la corruption de ce cadavre, pour lui qui n'en avait jamais vu, le poursuivait avec insistance, surtout pendant les nuits où le sommeil l'abandonnait.

Ces quelques exhalaisons de *Vol de nuit* de Guerlain lui rendirent la mémoire d'une femme vivante, virevoltante, indispensable. Il ferma les yeux et se souvint des jours heureux. Il pleura, peut-être de bonheur ; c'était la première fois qu'il se laissait ainsi aller depuis la mort de sa mère.

Quand il se reprit, il déplia la feuille que contenait l'enveloppe et lut :

« *Mon fils chéri,*

J'espère que notre conversation d'hier ne t'a pas

trop éprouvé. Puisque j'approchais du terme qui nous attend tous, j'ai préféré être honnête avec toi car tu es un garçon droit et j'aimerais que tu cultives cette vertu ton existence durant. Je t'ai raconté le parcours d'une femme qui a passionnément aimé la vie et qui souhaite profondément que tu écoutes à ton tour les élans de ton cœur. Tu es beaucoup plus réfléchi que moi, tu as ton monde intérieur qui n'est pas le mien, trop frelaté sans doute à tes yeux, superficiel dirait ton père, mais qui m'a permis de dévorer la vie. Toi, tu ne t'attarderas peut-être pas à ces plaisirs-là, mais je sens d'instinct que tu iras loin. Je sais l'ambition qui te dévore, il n'est qu'à voir les livres que tu lis, mais je devine aussi tes doutes quant à la possibilité de voir tes rêves se réaliser. Or, tu es formidablement armé pour affronter l'existence. Tu es timide bien sûr, de ce point de vue on ne se ressemble pas, mais sache que c'est loin d'être un défaut. Bien au contraire, on va t'aimer pour cela. Plus tard les femmes vont se battre pour t'aider à prendre confiance en toi, et ce recul que tu as sur toute chose, sur tout être, va te permettre d'avancer beaucoup plus vite que le commun des mortels.

Tu te demanderas un jour d'où te vient cette belle ambition qui te conduira si loin et si haut. Je t'ai déjà dit qu'elle ne pouvait venir de moi. Je n'ai pas à le regretter, tel était mon chemin. Tu la dois à ce père que tu ne connais pas et qui ne te connaît pas. Je te devais cette révélation hier et je te dois maintenant son nom, juste pour que tu saches, pas pour te demander de prendre contact avec lui, ce sera à toi de décider, mais pour avoir la conscience tranquille au moment de quitter ce monde. Je ne crois pas en Dieu, tu le sais, il y a donc peu de chances qu'on se retrouve dans un improbable au-delà, mais si par miracle il existait, je serais la plus heureuse des mères. Tu es la plus belle chose qui me soit arrivée.

Je t'aime
Ta maman »

Charles restait interdit à son bureau. Il n'avait encore jamais reçu une aussi belle lettre, ni de sa mère ni de quiconque. Or, il lui était désormais impossible d'y répondre. Passé la tristesse et la nostalgie, vint une question naturelle : à quoi bon lui annoncer la révélation du nom de son géniteur si la lettre ne s'achevait sur aucun indice ? Peut-être n'avait-elle pas eu le temps ou la force ? Par acquit de conscience, Charles retourna une dernière fois l'enveloppe pour en vérifier le contenu. Un petit carré de papier plié en quatre s'en échappa. Au recto, une phrase sibylline : « Et maintenant, tu vas comprendre pourquoi je t'emmenais si souvent au théâtre. » Au verso, un nom, celui de l'acteur le plus en vue de ces vingt dernières années : Jean-Baptiste d'Orgel.

– IX –

Un secret, c'est lourd à porter quand on ne peut le partager.

C'est encore plus lourd à garder quand on n'a rien demandé. Que faire de lui, que faire avec lui ? Charles était perplexe. Ce qui le surprenait, c'était que la révélation ne l'eût pas bouleversé. Il se sentait honoré d'en avoir été le dépositaire, il en remerciait donc sa mère à titre posthume. Il n'avait rien à lui reprocher. Avait-elle fauté ? Bien sûr que non. Avait-elle menti ? Oui, certes, par omission, en attendant le dernier jour pour se délivrer de son fardeau, mais c'était pour le bien de son fils et de son mari. Au fond, tout s'expliquait. Ce père, qui l'avait élevé pendant douze ans, ne pouvait pas lui ressembler. Et c'était mieux ainsi. Charles ne voudrait pas plus tard mettre ses pas dans les siens. Si un jour il avait à son tour des enfants, il espérait bien les aimer de manière plus démonstrative.

Il avait presque tout pris de sa mère, leur amour

le lui disait assez, mais que lui avait légué son père naturel ? À force de se poser la question, sans s'en obséder tout de même, il se promit de prendre contact avec lui, mais pas tout de suite. Il n'était pas prêt, et il était inutile de blesser son père d'adoption, même s'il ne faisait rien pour se rendre aimable aux yeux de son fils. Charles se fixa donc la date de ses 18 ans pour entrer en relation avec son géniteur. Il était sûr d'y parvenir et si, d'ici là, le sort l'en empêchait, ce serait que sa mère, là où elle était, en aurait décidé ainsi.

– X –

En attendant ses 18 ans, Charles se renforça et s'arma pour la vie. Il travailla beaucoup puisqu'il n'avait plus que cela à faire, le soir en rentrant de l'école, sans mère pour lui préparer son chocolat chaud et lui souffler dans la nuque. À force de lectures, il devint un élève brillant et réussit à passer son bac avec un an d'avance, et la mention Très bien. Son père, qui n'avait pas le compliment facile, commença à parler de son fils avec fierté.

Mais il ne communiquait toujours pas avec lui. Il n'y avait jamais de tensions entre eux, et malgré tout le lien restait ténu. Ils n'évoquèrent le souvenir de la disparue qu'en de rares moments, par incidence. Le père s'était muré dans une douleur muette et le fils n'avait aucune envie de partager des moments qui n'appartenaient qu'à lui. Il n'y avait aucun sentimentalisme chez son père. Il avait adoré sa femme, c'était clair, peut-être même l'avait-il vénérée, mais sa réserve, sa pudeur, l'empêchaient d'en discuter avec son fils. Ce sont des affaires d'homme, avait-il dit un jour à l'un de ses rares amis...

Justement, c'est bien ce dont il était question pour Charles. Désormais bachelier, bien qu'encore mineur, il aurait aimé être traité en homme, ou même en adulte, mais son père, qui cultivait la misanthropie depuis le décès de sa femme, ne savait pas considérer les autres comme des êtres à part entière. Aussi Charles décida-t-il de s'affranchir définitivement de lui et de louer à Paris, du côté de la place Maubert, une petite chambre de bonne afin de préparer ses études de droit et de sciences politiques. Son père ne fit aucune difficulté pour le laisser partir malgré son jeune âge et participa généreusement à la location et aux divers frais de son fils.

C'est ainsi que Charles commença à déployer ses grandes ailes et à fondre sur Paris.

– XI –

Tous les matins, en remontant le boulevard Saint-Germain de la place Maubert jusqu'à la rue Saint-Guillaume qui abritait Sciences-Po, Charles se rêvait un destin glorieux. Il était persuadé d'y arriver mais il ne savait pas comment. Comme bien des étudiants de l'Institut, il avait songé à l'ENA mais il n'était pas sûr d'en avoir le niveau. De plus, il n'était pas prédisposé à un travail intense de bachotage. De caractère naturellement impatient – et pour tout dire assez sautillant –, il ne se voyait pas attendre indéfiniment en affrontant les obstacles les uns après les autres. Il lui fallait tout, tout de suite.

Maintes fois, en passant devant les Deux Magots, il s'était promis que plus tard, quand la prophétie serait accomplie, il s'y paierait un café. On les disait coûteux parce que le ballet de ses serveurs en long tablier blanc méritait qu'on y mît le prix. En face, sur le trottoir impair qu'il arpentait le plus souvent, il y avait la brasserie Lipp fréquentée par le Tout-Paris politique et littéraire. François Mitterrand, quand il n'était pas encore président de la République, y avait table ouverte. Charles rêvait de pouvoir pousser un jour la porte à tambour du restaurant et de se faire servir une choucroute, calé sur une des banquettes à moleskine, à côté de Gaston Defferre ou de Jean-Edern Hallier.

Un jour, une jeune fille qu'il trouvait jolie et plutôt mystérieuse s'était assise à côté de lui à l'amphithéâtre Boutmy et l'avait fait un peu parler. Il lui avait raconté ses désirs, et déploré de ne pas se donner toutes les chances de les réaliser. Elle avait conclu :

« Faute de provoquer le destin, essaie d'observer ses signes. »

Il s'était juré d'y parvenir.

- XII -

Le hasard voulut qu'au deuxième trimestre de son année préparatoire, on lui demanda un exposé sur l'engagement politique des artistes. On leur suggéra fortement de l'appuyer d'une interview d'un professionnel du spectacle. Il eut l'idée de contacter ce père naturel qu'il ne connaissait pas, Jean-Baptiste d'Orgel, remarqué pour ses prises de position publiques et répétées.

Il lui restait encore deux mois pour atteindre ses 18 ans et respecter la promesse qu'il s'était faite mais il fallait bien que les dés roulent. Si le comédien répondait à sa sollicitation, c'est que les dieux l'auraient ainsi décidé. Dans le cas contraire, Charles n'insisterait pas et laisserait flotter le mystère de ses origines, sauf impérieuse nécessité.

Aucune réponse n'arrivait par courrier. Il fut tenté de mal juger l'acteur. S'il était incapable de tendre la main à un étudiant plein d'idéal, c'est qu'il manquait singulièrement d'altruisme ! Toutes ces belles poses qu'il prenait dans les journaux au service des plus démunis, c'était de l'esbroufe. Pas étonnant dans ces conditions qu'il eût abandonné la femme qu'il aimait alors qu'elle était enceinte...

Il en était là de ses amères réflexions lorsque arriva le jour de son anniversaire. En ces temps-là, le terme ne marquait pas encore l'avènement de la pleine liberté, civique ou civile, mais cela vous autorisait tout de même à conduire une voiture, pour peu qu'on ait le permis, et ce n'était pas rien...

La journée commença par une déconvenue. Son père ne s'était pas manifesté. Rien d'étonnant, il était si peu doué pour les effusions et les démonstrations d'affection, mais tout de même. A contrario, cela provoqua en lui une violente bouffée de nostalgie. Pour rien au monde, sa mère n'aurait laissé passer cette date qu'elle célébrait comme s'il n'y avait rien de plus important. Jusqu'à ce fatal douzième anniversaire où elle n'avait été présente que par le souvenir. Six ans déjà, et soudain ce manque cruel qu'il avait jusqu'alors essayé de combler en travaillant au mieux pour penser à autre chose. À cet instant précis, il l'imagina penchée sur son lit à son réveil, emparfumée et maquillée comme une star de cinéma, déposant sur ses genoux un paquet-cadeau. Elle ne ratait jamais ses effets car elle inventait mille stratagèmes pour surprendre Charles. Peut-être en ce jour important eût-elle été capable de lui louer une 2 CV jaune citron ou vert bouteille, juste pour s'offrir le luxe de la décapoter et de se faire conduire par son fils chéri en forêt de Fontainebleau ?

Voilà pourquoi ce jour-là, pendant une poignée d'heures, sa mère lui manqua affreusement.

– XIII –

Accablé de tristesse, Charles finit par sortir de son lit et se résolut à prendre l'air. N'ayant pas cours, il voulut aller au Jardin des Plantes. En passant devant chez la concierge, il regarda machinalement dans la boîte aux lettres, avec, au fond de lui, l'espoir que son père lui ferait signe.

Il y avait bien une lettre, mais ce n'était pas son écriture. Et pourtant, c'était son père qui lui écrivait. Le vrai.

À la lecture de ces quelques lignes, Charles avait un peu vacillé puis était remonté dans sa chambre d'étudiant pour les relire. Elles étaient anodines, cependant elles l'avaient étrangement affecté.

« Jeune homme, votre ton me plaît. Et davantage encore votre enthousiasme. Je vous dois cette vérité, voilà longtemps que je ne réponds plus à ce genre de sollicitations, du moins s'il s'agit d'interviews. Si vous me garantissez que mes propos ne seront pas

publiés, je veux bien vous recevoir pour un ultime passage de témoin. Mais ce ne sera pas long. Pardon d'avoir tardé à vous répondre. J'espère que vous ne serez pas hors délais.

Bien cordialement
Jean-Baptiste d'Orgel »

Qu'est-ce qui l'émut le plus dans cette lettre ? Son ton ? Une fausse connivence qui laissait entendre qu'on pouvait faire exception pour lui, comme pour une faveur unique ? Il n'était pas à ce point sensible à la flatterie même si, au fond de lui, il était ravi d'avoir pu décrocher cet entretien qui allait l'aider pour son exposé. Peut-être alors la fierté de posséder une lettre autographe d'une personne d'importance ? Après tout, à son arrivée à Paris, il avait bien écrit à Patrick Modiano et à Jean-Marie Le Clézio pour leur dire son admiration sans leur demander quoi que ce soit... Il avait été honoré de recevoir deux courtes réponses qui n'avaient rien de stéréotypé. Elles figuraient en bonne place dans son sous-main, celui d'un Rastignac qui se voyait bien avaler tout cru Paris.

Non, ce qui le déstabilisa, ce fut sa propre réaction : il avait vraiment lu ces quelques lignes comme si elles avaient été écrites par son père. Et c'était bien son père, putatif, légitime, naturel, biologique peu importe, qui sans le savoir venait de dire à un enfant dont il ignorait peut-être l'existence : « Je veux bien vous recevoir pour un ultime passage de témoin. » Mais savait-il au moins quel relais il allait transmettre, et dans quelles mains ?

Ce jour-là, il n'alla pas au Jardin des Plantes. Il lut et relut son unique cadeau d'anniversaire. Enhardi à l'idée de voir son géniteur les yeux dans les yeux, il osa lui proposer un rendez-vous aux Deux Magots, où il s'était juré d'aller le jour où il serait devenu quelqu'un. Ou quelque chose.

- XIV -

Fier comme Artaban, il s'installa longtemps à l'avance à la terrasse de la brasserie pour se commander le fameux café auquel il tenait tant depuis son arrivée à Paris. Et il attendit. Il relut plusieurs fois les questions de l'interview qu'il avait minutieusement préparée pour faire bonne impression à son interlocuteur. Qui n'arrivait pas.

Bien après l'heure convenue, Charles le vit s'approcher sur la terrasse à la recherche de l'adolescent. De loin, il lui parut étonnamment jeune. Il avait gardé le souvenir d'un ancien sociétaire de la Comédie-Française, à l'aise en toutes circonstances, bref terriblement adulte. Sa mère le poussait avec insistance à l'accompagner au théâtre à chaque fois qu'il était à l'affiche et il avait depuis compris pourquoi. Il comprenait aussi la raison pour laquelle son beau-père ne venait jamais avec eux. Et puis un jour, le cérémonial s'était arrêté. Jean-Baptiste d'Orgel avait eu un grave accident de voiture. La conductrice, dont on découvrit à l'occasion qu'elle était sa maîtresse clandestine, y perdit la vie. Les journaux à scandale en firent leurs choux gras : la jeune femme était elle-même fort connue. Et mariée. Sans doute la maman de Charles avait-elle versé une larme ce jour-là, il ne s'en souvenait pas. Il l'avait trouvée triste et, ma foi, lui aussi s'était senti désemparé. Il avait fini par aimer ces rendez-vous avec sa mère pour lui tout seul, il était trop jeune pour tout comprendre mais il était heureux de pouvoir saisir, de biais, une expression maternelle, une remarque étouffée, parfois un agacement, le plus souvent une mine admirative.

Dans la poignée de secondes qui précéda l'arrivée de Jean-Baptiste à la table de Charles, il repensa à cela avec nostalgie, comme le jour de son anniversaire, mais aussi avec une pointe d'allégresse. Là où elle était, sa mère pouvait être heureuse. Les deux amours de sa vie se rencontraient enfin.

Si l'acteur lui parut si jeune c'est qu'il était désormais débarrassé de sa cravate et ne portait qu'un jean et une chemise bleu roi très seyante. Il semblait plus paisible que sur scène, moins grave, sans le poids du monde sur les épaules. Il se montra cordial, abrégea les présentations, s'excusa à peine de son retard et fit comprendre au jeune homme qu'il ne fallait pas dépasser le temps imparti. Charles s'exécuta donc rapidement.

L'interview se déroula au mieux. Jean-Baptiste

parut intéressé par les questions, y répondit sans trop de lassitude même si on sentait qu'il avait hâte de tourner la page de ses heures de gloire. Charles ne pouvait lui en vouloir, l'acteur avait été clair avec lui dans son petit mot.

De toute façon, ce n'est pas à cela qu'il pensait depuis le début de l'interview. Il se demandait comment il aurait le courage d'aborder le seul sujet qui l'intéressait, et surtout comment son interlocuteur allait réagir. Fallait-il être allusif, direct, attendrissant ? Charles n'avait pas de plan. En quittant la place Maubert, il s'était dit qu'il improviserait à l'instinct. Il n'avait même pas exclu de renoncer si la rencontre se révélait trop décevante. Il s'était en revanche interdit d'user de ruse ou de chantage. Par fierté.

Quand l'interview arriva à sa fin, Charles osa :

— Monsieur, il y a aussi un sujet plus intime que je voulais aborder, avec votre permission bien sûr, c'est une question…

Jean-Baptiste ne lui laissa pas terminer sa phrase :

— Je sais. Alors parlons, entre hommes.

– XV –

Charles s'était attendu à tout, sauf à cette réaction. Il avait été interrompu dans son élan de grand timide et n'osait plus relancer la conversation. De toute façon, Jean Baptiste avait désormais pris l'initiative :

— J'ai su dès le début qui tu étais. Ton nom de famille, je le connaissais, c'est devenu celui de ta maman quand nous nous sommes quittés. Et puis ta lettre, son ton, sa détermination, ça m'a bien plu et ça m'a rappelé quelqu'un…

Il s'arrêta quelques secondes, comme si des pensées anciennes l'assaillaient.

— Malgré tout j'avais un doute. Et si c'était un piège ? Et si quelqu'un voulait me faire chanter pour l'un de ces journaux à sensation qui m'ont si souvent pourri la vie ? Alors j'ai tardé à répondre, je te prie de m'en excuser. Ce matin encore, j'ai faibli. J'étais caché derrière ce platane et je t'ai observé. Sans te connaître, j'étais sûr que c'était bien avec toi que j'avais rendez-vous. Tu es beau, mon garçon.

Charles ne put s'empêcher de sourire. Décidément, ce Jean-Baptiste ressemblait bien à ce milieu narcissique dont on se moquait à juste titre. « Tu es beau, mon garçon », sous-entendu : tu as de qui tenir...

Jean-Baptiste se rendit compte qu'ils pensaient tous deux la même chose et il se mit à sourire à son tour.

Puis il y eut cette phrase terrible :

— Comment va ta mère ?

Charles ouvrit la bouche mais aucun son ne s'en échappa. Son père, en professionnel, essaya de venir à son secours. Il comprit instinctivement.

— Il lui est arrivé quelque chose ?

— Elle n'est plus là.

— Depuis longtemps ?

— Six ans.

Jean-Baptiste se leva, se posta derrière son fils et posa les mains sur ses épaules qu'il serra très fort. Puis il lui caressa les cheveux, très affectueusement, comme s'il le connaissait depuis sa naissance. Les deux hommes restèrent ainsi un moment, l'un derrière l'autre sans se parler. Enfin le comédien se rassit et demanda à Charles ce qu'il voulait boire. Avec l'idée de changer de conversation pour ne pas l'embarrasser davantage.

— On va reparler de tout ça. Mais avant tout, raconte-moi ta vie, dis-moi tes rêves.

C'est alors que l'adolescent eut le culot de lui dire

ce qu'il n'avait jamais confié à personne, si ce n'est au vent et à la pluie sur le balcon de sa chambre d'enfant :

— Je veux être président de la République.

– XVI –

Pourquoi s'était-il senti en confiance au point d'avouer son rêve à un inconnu ?

La réponse était dans l'attitude de Jean-Baptiste. Son père le regardait posément, sans sourire, sans se moquer. Sans doute fouillait-il dans ses tréfonds pour le jauger, pour démêler la part de provocation et celle de l'autopersuasion.

L'adulte ne posa aucune question, à l'exception de deux mots : « Depuis longtemps ? », qui faisaient écho à sa première réaction après l'annonce de la mort de la femme naguère aimée. Peut-être pour savoir s'il y avait corrélation ?

Visiblement il le prenait au sérieux. Charles ne regrettait pas de s'être dévoilé.

— Je veux reparler de ça avec toi. On se reverra.

Jean-Baptiste continuait à mener l'entretien comme il l'avait fait toute sa vie face aux journalistes.

— Maintenant, parle-moi de ta maman.

Charles se cabra :

— Non, c'est vous qui allez me parler d'elle. Vous me devez bien ça...

Jean-Baptiste encaissa et apprécia. Visiblement, le garçon avait du caractère. Il se lança.

Tout au long de son monologue, Charles garda l'œil humide mais il essaya de se contenir. Plus que de sa mère, Jean-Baptiste lui parlait d'une star. Une femme étincelante, irrésistible. À l'époque, elle n'avait pas d'enfant, elle paraissait inaccessible. Pourtant, au détour d'une phrase, son ancien amoureux laissa entendre qu'il n'avait pas été le seul à la courtiser. Les autres étaient-ils parvenus à la conquérir, ou à l'apprivoiser ?

Le comédien était assez pudique pour ne pas évoquer le sujet. En revanche, quand il aborda leur histoire d'amour, Charles eut l'impression qu'il cherchait à se justifier. Ce qu'il lui apprenait ne contredisait pas tout à fait la confession de sa mère sur son lit de mort ; mais Jean-Baptiste souhaitait, sinon se donner le beau rôle, du moins expliquer à son fils pourquoi il avait choisi de la quitter.

Charles ne jugeait pas mais il imaginait sa mère torturée, rongée par la souffrance et le désir de cet homme qu'il trouvait beau en effet, et calme, et grave. Ce qu'il lui disait de leur amour montrait assez qu'il avait été fort et fusionnel. Il revit sa mère en ses belles années, cette femme qui dansait avec la vie. Qui l'aimait passionnément comme un souffle de vent chaud sur la peau. Cette vie-là lui avait été ôtée alors qu'elle était encore dans la fleur de l'âge, à moins de 40 ans. Charles trouvait ça profondément injuste, et pas seulement parce qu'il s'agissait de sa mère.

Il ferma les yeux deux ou trois fois pendant le récit de Jean-Baptiste, il se souvint d'elle comme si elle virevoltait dans sa robe à crinoline pour les besoins d'un tournage. *Le Guépard, Senso, Sissi impératrice.* Elle était tout cela et bien davantage encore, un personnage de roman, une créature de rêve, un fantôme évanoui...

– XVII –

Jean-Baptiste avait interrompu son récit. Charles rouvrit les yeux et l'interrogea.

— Pourquoi n'avez-vous jamais repris contact avec elle ? Pourquoi n'avez-vous pas pris de ses nouvelles, et accessoirement des miennes ?

L'acteur était embarrassé :

— Je ne voulais pas d'enfant, elle a dû te le dire. J'avais toujours été clair avec elle. Et je crois qu'elle l'avait compris.

Charles le fixait des yeux. La réponse ne lui suffisait pas.

— Et puis, reprit Jean-Baptiste, j'avais trop peur de renouer. Tu n'imagines pas combien ta mère était irrésistible.

Charles n'aima pas.

— Alors, c'est comme ça ? Quand on aime, il faut fuir ?

— Ne me juge pas. Je ne sais pas si tu as déjà aimé. Parfois, il faut se protéger. Ce n'est pas de la désertion. Mille choses n'allaient pas dans ma vie. Je galopais trop vite dans mon métier. Si tu veux un aveu, tu l'as : j'ai été égoïste. C'est souvent le cas des hommes. Les femmes sont plus courageuses.

— Et moi, dans tout ça ?

— Toi, tu n'étais qu'un embryon. Tu n'as jamais été un enfant à mes yeux. Je ne t'ai jamais vu bébé, je ne t'ai jamais imaginé. Maintenant que je te vois, je réalise que j'ai eu tort.

— Ne cherchez pas à me flatter. Vous n'avez pas voulu savoir ce qu'était devenu votre fils, ou votre fille ? Vous saviez comment je m'appelais ?

— Non, je savais simplement qu'elle avait eu un garçon, et qu'elle s'était mariée très vite après notre rupture. Je n'ai pas voulu la mettre en porte-à-faux et m'immiscer dans sa vie. Pourtant, crois bien que j'en ai souvent eu envie. Après elle, je n'ai jamais vraiment aimé. Des aventures qui ne duraient pas très longtemps, ça m'allait d'ailleurs très bien comme ça. Je n'avais pas envie de la remplacer. Et puis, très égoïstement, je n'avais pas envie de vivre avec qui que ce soit. Je suis profondément indépendant. C'est ma nature. Ce n'est pas la tienne ?

— Peut-être. Sûrement même. Mais moi, je n'ai encore jamais aimé. Si ça m'arrive un jour, j'aimerais que ce soit pour toute la vie.

— Je pensais la même chose à ton âge.

Charles n'avait nulle intention de se retrouver dans la situation de ce père, à sautiller d'aventure en aventure. Mais il ne dit rien parce qu'il commençait à aimer cet homme-là. Il ne voulait pas rester toute sa vie dans le ressentiment.

Jean-Baptiste, qui sentit la faille, lui proposa alors de déjeuner. Voilà une heure et demie qu'ils devisaient.

— Ici ou en face ?

Il y eut un éclair dans la prunelle de Charles.

— C'est possible chez Lipp ? Je n'y suis encore jamais allé. Et j'en rêve tous les jours en passant devant.

— Il ne faut jamais contrarier les rêves des petits garçons. Des grands non plus !

– XVIII –

Très intimidé, Charles pénétra dans la salle de la célèbre brasserie derrière son père vers lequel tous les regards convergeaient. Des conversations s'arrêtaient, d'autres s'engageaient autour de lui, chuchotées ou trop bruyamment admiratives. Une dame se leva et leur barra le chemin.

— Vous nous manquez, quand donc allez-vous remonter sur scène ? dit-elle à l'adresse de Jean-Baptiste.

Celui-ci éluda, sans doute secrètement flatté mais gêné pour son fils. Il eût voulu des retrouvailles plus discrètes et moins centrées sur lui.

On leur proposa la meilleure table, celle où l'on voit et où l'on est vu. Instinctivement, le comédien s'installa sur la banquette et Charles ne fut pas fâché de se retrouver dos à la salle. Comment peut-il vivre avec ces regards braqués sur lui ? se demanda-t-il. Ou bien encore : Comment pourra-t-il vivre sans ces regards ? Tout au long de leur déjeuner, l'adulte ne cessa de l'observer, guettant furtivement deux ou trois réactions dans la salle ou piquant le nez dans son assiette dès qu'un fâcheux s'approchait. Il y avait là un curieux mélange d'ostentation et d'introversion qui lui donnait sur son père une première idée.

La deuxième impression qui le frappa, ce fut sa bienveillance. Bien sûr c'était son père mais le lien était si fragile et si récent qu'il ne le percevait pas ainsi. C'était avant tout un déjeuner entre un personnage d'une grande notoriété et un jeune ambitieux qui n'en revenait pas de se retrouver dans un restaurant chic. Or Jean-Baptiste ne tirait pas la couverture à lui et ne ramenait pas la conversation à son métier ou à ses préoccupations. Bien au contraire, il ne cessait d'interroger son fils sur ses aspirations.

Charles se sentait en confiance. Il raconta tout de ses rêves secrets et de ses handicaps qu'il avait crus insurmontables. Il avait réussi à vaincre sa sauvagerie originelle, même si sa nature ne le prédisposait guère à la fréquentation de ses contemporains. Jean-Baptiste le confessait habilement.

Ils n'avaient pas reparlé de la rupture depuis le début du repas. Deux ou trois fois, Charles revint à la charge. Son père ne se montrait pas très disert sur le sujet, mais l'adolescent ne le lâchait pas. Dix-huit ans d'absence, ça ne s'efface pas en un café et un déjeuner.

Au fond de lui, Jean-Baptiste aimait cette ténacité.

Elle disait assez l'amour que son fils portait à sa mère et la nature de son caractère. Voyant qu'il lui serait impossible de jouer au chat et à la souris avec ce petit homme qu'il avait engendré, il posa soudain ses couverts dans son assiette, se prit la tête dans les mains et fixa son interlocuteur dans les yeux.

— Bon, d'accord, mon garçon, je ne me suis sans doute pas comporté comme je l'aurais dû, mais sache une fois pour toutes que je n'ai jamais aimé comme j'ai aimé ta mère. Je ne te poserai pas de questions sur sa fin parce que je veux garder d'elle le souvenir et le visage des jours heureux. Mais elle est à jamais dans mon cœur.

Charles, très ébranlé, essaya de répondre par une banalité, son père l'en dissuada.

— Maintenant je vais te parler de toi. Tu n'imagines pas combien je suis heureux de t'avoir enfin retrouvé. Toutes ces années sans toi, c'est de ma faute mais j'ai bien l'intention de me rattraper. Je suis très fier de découvrir ce que tu es devenu. J'ai même l'orgueil de me dire que tu tiens peut-être un peu de moi certaines de tes qualités. Tu vois que je suis vaniteux, ajouta-t-il en souriant. Ça te gêne ?

— Non, ça m'amuse. Je crois que tous les acteurs le sont...

— Alors je vais te poser une question importante. Quand tu m'as dit tout à l'heure que tu voulais devenir président de la République, tu étais sérieux ?

— Oui. Je ne sais pas si j'en aurai les moyens mais je ferai tout pour y parvenir. Et tant pis si j'échoue. Dans la vie, il ne faut pas avoir de petits rêves.

— Alors je t'aiderai, mon fils.

– XIX –

Sur le trottoir du boulevard Saint-Germain, le père et le fils se dirent adieu comme deux adolescents empruntés. Charles le premier tendit une main qui se voulait franche, comme si un accord venait d'être scellé entre eux, mais Jean-Baptiste le prit dans ses bras et le tint longuement collé à lui, poitrine contre poitrine. Charles en fut très ému. Cette fois-ci, il l'avait trouvé, son père, et il n'était pas près de s'en séparer.

Il ne passa que quelques minutes à Sciences-Po, il n'avait pas la tête aux études, et se laissa glisser par la rue Saint-Guillaume vers les berges de la Seine. Il musarda chez les bouquinistes, à la recherche d'une édition un peu ancienne de *Bel Ami*, livre qu'il avait adoré en format de poche, un soir dans sa chambre, verrouillée pour que son beau-père n'y piétinât pas ses rêves vagabonds. Ne la trouvant pas, il se rabattit sur *Illusions perdues*, qu'il n'avait encore jamais lu, sans doute parce que le roman était épais… Il lui semblait que ces deux univers, celui de Maupassant et celui de Balzac, résumaient parfaitement son humeur du jour : l'immense fierté d'être le fils d'un artiste reconnu, qui plus est respectueux de sa folle ambition. « Il vaut mieux avoir des remords que des regrets », lui avait-il dit en le quittant. Il n'avait pas tout de suite compris mais son père avait ajouté :

— Ne regrette jamais rien dans la vie. Tente, ose, casse-toi la figure, mais essaie au moins d'aller jusqu'au bout de tes rêves. Il n'y a rien de plus détestable que la rancœur et la frustration.

Jean-Baptiste lui avait promis de l'appeler au plus vite. « On n'a pas soldé tous nos comptes », lui avait-il dit en s'engageant alors à lui raconter une histoire qui devrait l'intéresser...

– XX –

La rencontre avec son père eut sur Charles l'effet d'un coup de fouet. Il voulait se hisser à sa hauteur et travailla d'arrache-pied dans les semaines qui suivirent. Jusqu'alors il abordait ses études avec quelque désinvolture, se reposant sur ses « facilités », disaient ses professeurs. Dons réels mais insuffisants pour qui souhaite intégrer la prestigieuse École nationale d'administration. Il cravacha dans les matières où il se sentait le moins à l'aise, et son moteur premier devint l'attente d'un coup de téléphone de ce père surgi de nulle part, tombé à pic pour devenir son mentor.

Les semaines passaient et rien ne venait. Il savait qu'avec cet homme-là il ne fallait pas être pressé, sa première bouteille à la mer le lui avait assez prouvé. Tout de même, il avait caressé l'espoir de l'avoir marqué et, pourquoi pas, bouleversé. De ce que lui avait dit sa mère, il devait être son seul enfant, et un enfant unique, si tel était le cas, ça se soigne.

Un héritier dont il ne savait rien, ou si peu, et qui, il y a encore à peine trois mois, était abandonné de lui. Bref, il méritait bien cette réputation d'égoïste qu'avait suggérée sa mère.

Chaque soir, Charles enclenchait son répondeur téléphonique avec l'espoir d'y trouver un message de son père. Rien. Désespérément rien. Et puis, un matin en relevant son courrier, il découvrit une lettre qui l'ébranla profondément :

« Mon fils,

J'ai été très intimement bousculé par notre rencontre. Voilà plusieurs semaines que je diffère cette nouvelle lettre que je te dois car je ne suis pas très fier de mon absence tout au long de tes jeunes années et je voulais savoir si ce que je croyais jusqu'alors n'être qu'une courte honte allait s'apaiser. Il n'en a rien été, bien au contraire.

Il me faut tout d'abord rétablir la vérité : j'ai vite été au courant de ton existence. Comme mes sentiments pour ta mère étaient restés très forts, je me suis renseigné sur ce qu'elle devenait, même après son mariage, sans jamais reprendre contact avec elle. Il me semblait que cela n'aurait pas été loyal, alors même qu'elle essayait de refaire sa vie avec un autre. Mais peut-être n'était-ce de ma part qu'un prétexte pour rester dans mon petit confort de célibataire endurci. J'ai su de loin en loin ce que tu devenais, et comment tu t'appelais : mon deuxième prénom, celui de mon grand-père paternel. Un jour j'ai arrêté de l'espionner parce que cela ravivait mes sentiments pour elle. Je me reprochais amèrement de l'avoir quittée simplement parce qu'elle t'attendait.

Et puis le temps a fait son œuvre. J'ai moins pensé à elle – et donc à toi –, j'ai divorcé et j'ai multiplié les aventures qui, pour la plupart, ne duraient guère. Je n'ai jamais oublié ta mère, j'ai même commencé un roman qui s'inspirait de notre histoire, mais il ne m'a pas paru être à la hauteur de ce qu'elle avait été, et je l'ai abandonné. Et je me suis abstenu de passer dans votre rue, comme j'en avais pris l'habitude machinalement, en espérant quand même pouvoir un jour la croiser. C'est ainsi que j'ai perdu sa piste, je n'ai même pas su que vous aviez déménagé. Pire, aussi incroyable que cela puisse paraître, je ne savais pas qu'elle avait quitté ce monde, et quand je l'ai appris de ta bouche l'autre jour, j'en ai été terriblement malheureux. Je m'en suis voulu comme tu ne peux l'imaginer. Peut-être vivrait-elle encore aujourd'hui si j'étais resté dans sa vie ?

Et puis il y eut notre rencontre. Je te suis très reconnaissant d'avoir accompli cette démarche car, sans elle, nous serions encore des étrangers l'un pour l'autre. Je craignais bien sûr d'être déçu, de ne pas suffisamment retrouver ta mère en toi mais, au-delà de tes traits qui m'ont beaucoup fait penser à elle, et de ta grâce, que tu tiens d'elle, par exemple cette façon de croiser les jambes ou de parler avec des gestes de la main qui s'envolent, c'est un peu de moi que j'ai découvert en mon fils : une forme d'idéal assez bravache, à la manière de Don Quichotte face à ses moulins, et une saine ambition, celle de Rastignac ou de Rubempré quand ils essaient de conquérir Paris. J'espère simplement que tu finiras mieux qu'eux !

C'est pour toutes ces raisons que j'ai décidé de te raconter une histoire que je n'ai partagée encore avec personne, pas même avec ta mère, cette histoire qui fut celle de mon père, et qui va donc devenir la tienne.

Je t'aime.

PS : Rendez-vous vendredi prochain sauf contre-ordre de ta part. Même lieu, même heure.

Ton père »

Deuxième partie

LA VENGEANCE DU PÈRE

– I –

Ceci est l'histoire de mon père. Personne ne la connaît, et ma mère, qui a été la seule à partager son secret, est morte il y a longtemps, peu après ma naissance. Je ne l'ai jamais racontée car les médias, avides d'informations me concernant quand j'étais exposé au feu des projecteurs, n'auraient pas manqué d'en faire leurs choux gras. Or, je n'avais aucune envie d'offrir à tout le monde le détail d'une telle tragédie. Maintenant que je suis un peu sorti de la lumière, je peux te raconter une histoire qui va désormais devenir la tienne, puisque cet homme est ton grand-père. J'ai pleine confiance en toi pour ne pas avoir à te prier de ne pas la divulguer, ni maintenant ni plus tard. Peut-être t'aidera-t-elle à admettre pourquoi j'ai eu tant de mal avec l'idée de paternité. Encore une fois, je ne te demande pas de m'excuser pour ce silence depuis ta naissance, mais de me comprendre.

– II –

Il s'appelle Guillaume. Il est né à Paris en 1922, le jour anniversaire de la décapitation de Louis XVI, je ne sais pourquoi il éprouvait le besoin de le rappeler en toutes occasions. Il n'était même pas monarchiste. Dans sa jeunesse, en première année de droit à la faculté d'Alger, il avait bien essayé de vendre des numéros de *L'Action française* mais ça n'avait pas duré très longtemps. D'abord parce que personne n'en voulait, là-bas, sous le soleil, ensuite parce qu'il s'était vite lassé.

Cette année-là, de sinistre mémoire, puisque c'était celle de la débâcle et de la reddition sans conditions des autorités françaises devant l'agresseur allemand, il ne l'a pas trop mal vécue. Avoir 18 ans en 1940, ce n'était pas la même chose à Alger ou à Paris. Comme beaucoup de nos compatriotes, Guillaume s'est même réjoui de la fin si rapide des hostilités et il en a su gré au maréchal Pétain. Bien sûr, avec le recul, on pourra dire que c'était un lâche soulagement mais, sur le moment, 95 % des Français ont cru pouvoir respirer. Et puis, de si loin, la zone occupée, ça ne disait pas grand-chose aux Algérois. L'ensemble de la colonie était en zone libre et on ne vit jamais là-bas l'ombre d'un uniforme allemand.

Bref, Guillaume était heureux. Toutes les fins de semaine, il les passait à Cherchell, une jolie petite station balnéaire à une cinquantaine de kilomètres d'Alger. Son père était un notable local, colonel, avec derrière lui une guerre héroïque aux commandes de son avion entre 1914 et 1918. Il était devenu directeur de cabinet du gouverneur militaire. Un beau poste qui lui valait convoitises, respect et invitations diverses dans la bonne société coloniale. Elle se distinguait de ceux qu'on appellera plus tard les pieds-noirs parce que la plupart de ses figures majeures ne faisaient que passer. Elles n'étaient pas nées en Algérie et ne comptaient sans doute pas y mourir.

L'été qui suivit l'exode, Guillaume le passa à Cherchell, aux Chantiers de Jeunesse mis en place par le régime de Vichy. Plus tard, des historiens affirmeront que c'était un repaire de pétainistes mais la plupart de leurs confrères soutiendront que nombre de futurs résistants en furent issus.

Mon père était alors loin d'imaginer ce qui se passait sur les routes de France, puis dans chacun des foyers où l'on commençait à endurer les rigueurs de l'Occupation, ses traîtrises aussi avec l'inévitable lot de collaborateurs et de profiteurs en tout genre.

L'été 1941 fut très doux pour Guillaume, presque aussi beau que celui que raconta Robert Mulligan dans ce film que j'ai adoré. Car c'est là que mon père fut initié à l'amour.

- III -

Elle s'appelait Amina. Elle avait l'âge de Guillaume et envoûtait tous les garçons par sa beauté peu commune. Sa mère était kabyle et son père vietnamien. Il avait servi dans les campagnes d'Orient et avait dû séduire la jeune femme lors de son passage à Tizi Ouzou. D'où ce métissage très réussi qui faisait d'Amina la plus belle fille de Cherchell.

Ses yeux dorés se posèrent un jour sur la silhouette de Guillaume, qui lui aussi se distinguait des siens, par sa taille tout d'abord, et par une forme de gaucherie qui le rendait plus élégant que ridicule. Le jeune homme repéra le manège de l'adolescente mais eut l'intelligence de ne pas se précipiter trop vite dans son jeu. Amina n'en déploya que davantage ses trésors de séduction. Les autres garçons, voyant bien qu'elle ne les considérait plus, en conçurent quelque amertume, et pour certains de la pure jalousie, mais très vite ils acceptèrent leur défaite. La cause était entendue : Amina était amoureuse de Guillaume et, par voie de conséquence, Guillaume d'Amina.

Les deux jeunes gens avaient le même âge mais pas tout à fait la même maturité. Assez souvent les filles possèdent biologiquement quelque avance en matière d'éveil amoureux. Ce fut donc Amina qui fit les premiers pas et initia Guillaume aux choses de l'amour. Peu avant ses 20 ans, il perdit sa virginité. Elle aussi, et ce fut pour le jeune homme un objet de fierté. Vu ses dispositions, elle lui avait, de prime abord, semblé trop experte pour être encore pucelle. Il s'était donc trompé et s'en montrait secrètement ravi.

- IV -

Leur idylle fut sans nuages pendant quelques mois. Il avait repris les Chantiers de Jeunesse, une forme de scoutisme pour jeunes adultes, et dès qu'il pouvait s'en échapper, le soir ou le week-end, il rejoignait son amoureuse.

Un soir pourtant, elle ne vint pas au rendez-vous.

Il s'inquiéta, mais ne s'alarma point.

Le lendemain matin, alors qu'il prenait son petit déjeuner à son bistrot favori, le Café de la Plage, il surprit une conversation chuchotée où il était question de sa petite amie. « Il lui est arrivé des bricoles », avait dit l'un des clients de l'établissement. Il n'entendit pas la suite.

Son sang ne fit qu'un tour. Il se leva pour aller voir le patron, Jeannot, avec lequel il était lié. Un peu gêné, ce dernier l'entraîna dans l'arrière-salle, le fit asseoir et lui raconta : Amina avait été violée la veille par trois ou quatre individus que Jeannot jurait ne pas connaître. « Ils ne sont pas du coin, c'est tout ce dont je suis sûr. À Cherchell tout se sait et, de toutes façons, ajouta-t-il, il n'y a pas ici de pareils salopards. »

Guillaume était devenu blanc. Il essaya de se lever mais ses jambes flageolaient. Jeannot prit soin de lui très paternellement :

— Je te conseillerais bien d'aller la voir mais j'ai entendu que sa famille l'a ramenée à Alger. Ils ne veulent pas porter plainte, ils ont trop honte.

À ce mot de honte, Guillaume fut pris de colère :

— Honte de quoi ? Mais qui devrait avoir honte dans cette affaire ? La victime ou les assassins ?

Il avait crié trop fort. Un consommateur vint les voir pour savoir si tout allait bien. En reconnaissant Guillaume, il comprit. Il posa sa main sur son épaule.

— Mon pauvre garçon, se contenta-t-il de dire.

Mon pauvre garçon ! Et elle ? Personne ne pense à elle, fulmina Guillaume qui était devenu enragé.

Les deux hommes ne pouvaient plus rien pour essayer de l'apaiser.

Il s'enfuit du bistrot en courant.

– V –

Il se rua chez Amina, une maison de plage où il l'avait souvent attendue sans oser y pénétrer, mais, comme prévu, il trouva porte close. Jeannot n'avait pas pu lui donner son adresse algéroise. Guillaume n'avait plus aucun moyen de la joindre.

Il prit l'autocar pour Alger, espérant l'aide de son père et de ses nombreux réseaux.

De fait le colonel prit son affaire très au sérieux. Il passa même un ou deux coups de fil, au maire de Cherchell et à un ami des Renseignements généraux. Mais tous les deux lui firent savoir qu'en l'absence de plainte, le cas serait difficile à traiter. Il n'empêche. Peu à peu, Guillaume se calmait, même s'il ne cessait de penser à la jeune fille violentée. Il lui restait des envies de meurtre et, quand il les évoqua devant son père, il se fit affectueusement rembarrer :

— Ne pense jamais à ça, mon fils. Pour une minute de vengeance, c'est toute ta vie qui sera foutue. Tu seras traîné en prison et comme tu ne pourras pas invoquer la légitime défense, tu seras lourdement condamné et tu ne reverras jamais ton amoureuse.

— Mais si la police ou la justice ne font rien, qui va laver son honneur ?

— Je vois ton désarroi, Guillaume. Fais confiance à ton père. J'ai des relations. Je vais mener ma petite enquête et je te promets que je ferai tout pour qu'elle aboutisse. Je vais, par ailleurs, essayer de retrouver l'adresse de la jeune fille. Tu n'es plus seul désormais mais jure-moi de ne rien tenter d'illégal. Ça me retomberait dessus et surtout je n'ai aucune envie de te voir filer en prison.

Guillaume jura mollement et remercia son père de l'avoir épaulé. Il se sentait désormais un peu moins désemparé mais il continuait de souffrir pour Amina.

– VI –

Deux semaines passèrent. Il n'avait toujours aucune nouvelle d'Amina. Un soir pourtant, son père le convoqua pour lui faire part de l'avancée de l'enquête qu'il avait fait mener par un détective privé grâce aux renseignements obtenus par son ami des RG. Il avait réussi à obtenir les identités des coupables. Trois fils de famille désœuvrés, complètement saouls, qui avaient agressé la jeune fille alors qu'elle rentrait chez elle. « Des salauds de colons ! », avait ajouté le colonel, qui n'employait l'expression que pour ceux qui réellement selon lui « faisaient suer le burnous ». Et ceux-là, son père les détestait. Ils donnaient une mauvaise image de la présence française en Algérie. « Un jour ou l'autre, disait-il, ils le paieront cher et ils feront hélas payer à d'autres, qui aiment profondément ce pays et ses habitants. »

Cet arrière-plan politique n'avait pour l'heure pas grande importance aux yeux de Guillaume. Ce qu'il voulait par-dessus tout, c'était se venger et, par là même, venger l'honneur bafoué de la jeune Arabe. Or, son père s'était refusé à lui communiquer le nom des violeurs. Il avait même prétexté avoir jeté à la poubelle le compte-rendu du détective. Guillaume n'en croyait pas un mot. Sinon à quoi aurait servi cette enquête ?

De plus, le colonel n'avait pas réussi à mettre la main sur l'adresse d'Amina. « Mais là, c'est une question de jours, avait-il promis. On a des pistes. D'ici là, tiens-toi coi. »

Guillaume ne l'entendait pas de cette oreille. Il avait son plan pour retrouver les agresseurs.

– VII –

Le soir venu, Guillaume s'introduisit dans le bureau de son père qui était parti se coucher. C'était un sanctuaire où il fallait frapper pour entrer, même pour lui ou pour sa mère. Rares étaient les visiteurs à y pénétrer. Le colonel recevait plutôt dans un salon attenant. Il y avait là quelques petits secrets de la République française en sa province d'outre-Méditerranée, et une machine à fantasmes en ces temps troublés où les hauts fonctionnaires se devaient de servir l'État, même sous tutelle allemande, ce qui n'empêchait pas nombre d'entre eux de se poser des questions. Le père de Guillaume avait comme beaucoup applaudi à la signature de l'armistice par le maréchal Pétain mais depuis, il y avait eu Vichy et sa cour de petits marquis aux idées nauséabondes. Le colonel détestait Pierre Laval qu'il avait toujours pris pour un intrigant de bas étage et, depuis la promulgation des lois anti-juives, il n'hésitait pas à dire en privé tout le mal qu'il pensait de ce gouvernement sans honneur. Il connaissait peu le général de Gaulle, qu'il avait vaguement associé à la défaite peu glorieuse de nos armées parce qu'il avait été sous-secrétaire d'État à la Guerre dans le gouvernement de Paul Reynaud en juin 1940. Il affichait, en revanche, une grande admiration pour le général Giraud que de Gaulle, de dix ans son cadet, détestait, et qui venait tout juste de s'évader de la forteresse allemande où il était prisonnier. Cet acte de bravoure avait impressionné le père de Guillaume.

Ces considérations politico-militaires passaient à l'époque au-dessus de la tête de l'adolescent qui, en pénétrant dans le bureau de son père, n'avait qu'une idée : retrouver le document qui livrerait les identités des violeurs d'Amina.

Il ouvrit tous les dossiers bien rangés sur le bureau, puis les tiroirs du meuble. Rien. Pas davantage dans la corbeille à papier. Mais en déplaçant le sous-main de son père, il découvrit une pelure dactylographiée et recouverte d'une chemise de papier rose. C'était bien le rapport du détective que le colonel s'était gardé de jeter. La lecture du document fit vaciller Guillaume, qui se reprit à temps pour le recopier sur une feuille vierge.

Il ne pensait plus qu'à sa vengeance.

– VIII –

Il y avait là quatre noms. Ceux de deux frères dont la famille était connue de Guillaume et deux autres, qui ne lui disaient rien. Face à chacun des noms, il y avait une adresse. Pas de commentaires, pas de détails sur ce qui s'était passé, juste un point d'interrogation derrière le patronyme de l'un des individus. Parce que l'adresse n'était pas précise ? Parce qu'il n'était pas assuré qu'il ait participé au crime ? Pour Guillaume, peu importait. Il ne ferait aucun quartier.

Étrangement, il n'eut pas d'émotion violente en découvrant les identités des violeurs. Il ressentit une forme de soulagement d'être sorti du brouillard inquiétant dans lequel il évoluait jusqu'alors. Il n'avait plus besoin de donner libre cours à son imagination. Il lui suffisait de planifier la suite et de s'occuper avec méthode de chacun des salopards.

Le premier de la liste se prénommait Thomas. Ce serait donc son client n° 1.

– IX –

Je serai un loup solitaire, s'était dit Guillaume. Je traquerai la meute mais personne ne me verra. Je rôderai, je les affolerai. Ils sont plus nombreux, aussi je les prendrai un par un, comme Horace avec les Curiaces. Je ne les toucherai pas, ils me dégoûtent trop pour l'instant, mais je les ferai souffrir.

En l'absence de nouvelles d'Amina, et dans l'espoir que son père réussirait à la localiser, il se mit en chasse de sa première proie, Thomas Bergougnioux. Son frère s'appelait Édouard et ses complices Ariel et Antoine.

Bien entendu, il ne souffla mot de ses projets à quiconque. Ni au colonel, ni à ses amis des Chantiers de Jeunesse, ni à Jeannot qu'il évitait d'ailleurs de revoir. Le Café de la Plage lui rappelait un souvenir encore trop brûlant.

Grâce aux indications du détective, il n'eut aucun mal à retrouver celui dont il présumait qu'il était, vu son âge, le chef de la bande. Plusieurs fois, après le dîner, il se posta à proximité de son domicile. Il essayait de repérer ses habitudes et découvrit assez vite qu'il était marié.

Plutôt que de l'attendre, car il ne savait pas ce qu'il aurait à lui dire, tant il était encore plein de violence, il préféra se concentrer sur sa femme. Il se renseigna sur elle, apprit qu'elle déjeunait souvent seule dans un restaurant voisin, et finit un jour par l'y retrouver. Sous un prétexte fallacieux, il l'approcha puis, à son invitation, s'assit à sa table.

C'était déjà un bon signe. Elle ne refusait pas la conversation. Guillaume déploya tout son charme, évita soigneusement de parler du mari, sujet qu'elle semblait elle aussi éluder, puis lui proposa de l'accompagner à la plage.

Les corps se rapprochaient, les centres d'intérêt également. Il fit le galant, lui acheta une glace, essuya sa bouche encore humide, puis embrassa la serviette qui avait servi à l'opération. Elle rit. Elle ne semblait pas du tout farouche. Guillaume était désormais à cinq centimètres d'elle, le désir montait et cela se voyait. Elle ne refusa pas un premier baiser, puis un second. Il se pencha sur elle et lui murmura sans précautions qu'il avait envie d'elle.

— Ça ne va pas être facile, répondit-elle sans manifester une grande gêne, je suis mariée.

— Et alors ? lui dit-il. Il n'est pas obligé de le savoir.

— Ça ne me dérangerait pas plus que ça. C'est un cavaleur et j'aimerais bien que ça lui serve de leçon.

Guillaume souriait. C'est exactement ce qu'il était en train de penser.

Il lui fit signe de le suivre, elle acquiesça docilement. Parvenus à sa villa, ils se glissèrent dans le jardin pour ne pas être surpris par ses parents. Il escalada la corniche de l'entresol et pénétra dans sa chambre par la porte-fenêtre avant d'aller lui ouvrir.

Ils se déshabillèrent sans préambules, firent l'amour sauvagement et, quand les corps s'apaisèrent, elle lui dit avec gourmandise :

— C'est la première fois que je fais l'amour avec un petit jeune. Et c'est très bon.

Ils promirent de se revoir. Pas une fois pendant l'acte sexuel, il n'avait pensé à Amina. Mais il tenait déjà un bout de sa vengeance.

– X –

Guillaume avait bien conscience qu'il ne pouvait s'y prendre ainsi avec tous les violeurs d'Amina.

Les nouvelles tardaient de ce côté-là. Malgré l'aide du commissaire des Renseignements généraux, le colonel disait ne pas avoir d'adresse précise, juste un quartier. Était-ce vrai ? Ne désirait-il pas plutôt attendre que s'apaise la colère de son fils ? Une nouvelle visite nocturne dans son bureau ne lui fournit aucune indication.

En attendant, Guillaume essaya de s'intéresser au sort du frère Bergougnioux qui, lui, n'était pas marié. Il procéda comme avec l'aîné, rôda autour de son domicile, essaya de loin de cerner le personnage. Ce qu'il vit de lui lui parut franchement antipathique : la morgue du fils de bonne famille, le goût des automobiles rapides et clinquantes, le verbe haut et la mine assurée, à peu près tout ce que détestait Guillaume. Faute de pouvoir l'approcher et de lui casser la figure, et par respect pour la promesse qu'il avait faite à son père, il eut l'idée d'envoyer à l'individu une lettre anonyme, puis une deuxième, puis une troisième afin de le harceler. « Que faisiez-vous dans la nuit du vendredi au samedi 10 mai ? » lui demanda-t-il tout d'abord avant de se montrer plus précis dans les messages suivants. « Votre frère a parlé, ses complices vont être obligés de le faire. La vengeance de la famille va être terrible... » « Il est temps de faire votre examen de conscience et de penser à la jeune fille que vous avez ce soir-là sauvagement martyrisée. »

Tapi dans l'anonymat, Guillaume voulait semer la panique dans la meute, l'obliger à se concerter, ou mieux, à se diviser pour que l'une des bêtes craque. Il éprouvait une grande jouissance à faire du mal à son tour, or c'était un sentiment qui jusqu'alors lui était étranger. Il lui permettait de penser un peu moins au supplice qu'avait enduré Amina et à ce qu'elle pouvait être devenue.

Il écrivit encore d'autres lettres, à Édouard mais aussi à son frère, se réservant de lui faire connaître plus tard son infortune conjugale. Pour ce faire, il revit sa femme ; leurs assauts furent aussi fougueux que la première fois. Profitant de l'intimité qui commençait à s'installer entre eux, il aborda, avec prudence, le sujet du mari. Visiblement, ce n'était pas la première fois qu'elle le trompait, mais parce que c'était lui qui avait commencé, et sans vraiment s'en cacher.

— On m'a dit ça, renchérit Guillaume.

— Ah bon, on t'a parlé de lui ?

— Oui, et pas d'aujourd'hui. Au début je n'avais pas fait le rapprochement avec toi mais quand tu m'as dit ton nom de famille, j'ai pensé que ça pouvait être lui.

— Et qu'est-ce qu'on t'a dit ?

— On m'a donné des noms mais j'ai déjà oublié. Et puis on m'a laissé entendre qu'il avait été impliqué dans une sale affaire. C'est vrai ?

— Une sale affaire ?

— Une affaire de viol, on ne m'en a pas dit davantage. Et ce ne sont peut-être que des ragots. Tu étais au courant ?

La jeune femme s'était décomposée. Elle se redressa sur le lit.

— De viol ? Mais pas du tout ! En tout cas, il ne m'a jamais rien dit. Tu es sûr de ce que tu avances ?

— Encore une fois, je ne sais rien de très précis. On m'a juste parlé de viol en réunion.

— En réunion ?

— À plusieurs. Je n'en sais pas plus. Peut-être de simples rumeurs. On cancane beaucoup à Alger. Il t'aurait bien dit quelque chose s'il y avait un fond de vérité…

— Ça, ce n'est pas sûr, il est très dissimulateur mais maintenant que tu m'en parles, je le trouve assez préoccupé depuis quelque temps. L'autre jour, il a même carrément déchiré devant moi une lettre qu'il venait de recevoir au courrier, comme s'il avait quelque chose à cacher.

— Alors ne lui en parle pas. Imagine que ce ne soient que des racontars...

— Parce que tu penses que je vais aller le voir en lui disant : Chéri, j'ai un jeune amant qui vient de me dire que tu es un violeur !

Elle avait ri, d'un rire peut-être un peu forcé pour compenser sa réaction emportée.

Guillaume, lui, souriait intérieurement. Le poison du soupçon était en train de faire son chemin. Il allait se distiller dans les veines des petites ordures qui avaient flétri Amina. Dans leurs veines et dans celles de leurs couples, de leurs familles, et bientôt de leurs amis.

Il n'y a pas de limites à la vengeance du loup.

– XI –

Restait maintenant à retrouver les deux derniers complices. Pour le dénommé Ariel, ce fut facile. Il était issu de la communauté juive, assez influente à l'époque à Alger, et bien connue de la famille de Guillaume. Chacun se fréquentait et les langues se déliaient aisément.

Le jeune homme sut donc très rapidement qui était l'individu, ce qu'il faisait de ses journées et surtout quel était son talon d'Achille : sa mère, qui le terrorisait. C'était la parfaite mama juive, grand cordon-bleu et dotée d'un fort caractère. Partout elle vantait les mérites de son fils unique mais, ce faisant, elle le castrait et abolissait toute confiance en lui. Guillaume comprit assez vite que si la mère savait ce qu'il s'était passé cette horrible nuit, la vie de son fils deviendrait un enfer. Sans doute même l'obligerait-elle à se dénoncer à la police.

Guillaume rusa donc selon un plan très précis. Il se fit inviter à une bar-mitsvah où il pensait croiser l'individu, le repéra de loin mais se refusa, comme pour les autres, à aller lui parler, dégoûté par avance d'avoir à se compromettre avec pareille engeance. Il le guetta du coin de l'œil toute la soirée. Il le vit partir danser en laissant sa veste sur une chaise. Il en arracha prestement deux boutons puis alla voir l'une des amies de sa mère qui assistait à la cérémonie. Il la savait proche de la mama juive.

Il l'aborda en lui disant qu'il avait quelque chose d'important à lui confier. Ils s'isolèrent sur la terrasse et là, Guillaume montra à son interlocutrice les deux boutons qu'il tenait dans la main. Il lui expliqua qu'une de ses amies les lui avait remis. Ils appartenaient, selon elle, à un individu qui l'avait violée avec trois complices il y a près d'un mois. Elle l'avait clairement identifié : c'était Ariel.

L'amie de sa mère était très confuse.

— Tu es sûre que c'est lui ? lui demanda-t-elle, inquiète.

— Parfaitement. Elle le connaissait, ils s'étaient croisés auparavant à des soirées.

— Et pourquoi n'a-t-elle pas plutôt apporté ces preuves à la police ? Pourquoi n'a-t-elle pas porté plainte ?

— Parce qu'elle est juive elle aussi et qu'elle veut que ça se règle à l'intérieur de la communauté.

— Tu veux que j'aille lui parler ?

— Non. Elle est à l'hôpital. Elle est encore très choquée.

— Alors qu'est-ce que tu attends de moi ?

— Des conseils. Quand elle m'a révélé son secret, j'ai moi-même été bouleversé. Et j'ai promis de l'aider.

Secrètement, Guillaume espérait que sa confidente irait en parler à la mère d'Ariel mais il voulait que cela vienne d'elle. Il souhaitait rester le plus discret possible pour continuer son travail de sape.

— Je vais voir ce que je peux faire, se contenta-t-elle de dire. Confie-moi ces boutons.

— Je vais vous en donner un. L'autre, je le garde pour la police si l'affaire n'est pas réglée par la communauté.

Il y avait là une menace qu'un mois plus tôt Guillaume eût été incapable de proférer. Les événements l'avaient endurci et il n'avait plus aucune espèce de pitié.

Ce soir-là, il fut très content de sa manœuvre.

– XII –

Cinq semaines s'étaient passées. Et toujours aucune nouvelle d'Amina. Plusieurs fois, Guillaume retourna voir son père en espérant un progrès de l'enquête. Rien ; il n'y avait que le nom d'un quartier. Désormais, il était persuadé que son père savait, lui ou le détective privé, ou le commissaire des Renseignements généraux, et qu'on voulait l'empêcher de prendre contact avec la jeune fille. Il était d'ailleurs étrange que, bien qu'en possession des identités des violeurs, son père n'ait pas alerté la police. Les brutes n'étaient toujours pas inquiétées.

Guillaume se mit à penser que c'était parce que la jeune fille était à moitié arabe. Son père, qu'il admirait et qui lui avait semblé au début si compréhensif, était peut-être en train de jouer double jeu avec lui. Visiblement, il ne voulait pas de ce sang-mêlé pour son fils.

Les deux hommes eurent une conversation musclée. À plusieurs reprises, le colonel assura qu'il se méprenait et qu'il ne saurait être question de race dans ses choix. Ce qu'il souhaitait, répéta-t-il, c'est que la colère de son fils retombe suffisamment pour l'empêcher de commettre l'irréparable.

Il ne savait bien évidemment rien des dernières manigances de Guillaume. Rien d'illégal pourtant, juste un jeu cruel de chat et de souris. Une traque qui n'était pas terminée puisqu'un quatrième personnage restait à débusquer.

Mais pour l'heure, Guillaume avait en tête une autre préoccupation : retrouver coûte que coûte son amoureuse. Il allait désormais y consacrer l'essentiel de son temps.

– XIII –

Puisqu'il n'avait pour piste que le nom du quartier où vivaient les parents d'Amina, il décida de le sillonner en tous sens, plusieurs jours de suite et même deux ou trois nuits, ce qui ne servirait probablement à rien car on imagine mal une jeune fille se promener dans ces rues-là une fois le soleil couché.

La présence de ce colon dans un quartier où ne vivaient que des Arabes ne passa pas inaperçue. Les commerçants le regardaient avec une curiosité mêlée parfois de gentillesse. Seuls quelques jeunes gens de son âge semblaient plus circonspects ou distants et même, pour l'un d'entre eux, franchement hostile. Mais Guillaume se disait que se montrer ainsi était une bonne façon d'attirer l'attention, et d'augmenter ses chances qu'Amina l'apprenne.

Il avait sympathisé avec un épicier qui, devant son étal de fruits et légumes, avait déposé trois tables pour qu'on puisse y boire du café ou du thé à la menthe. En parlant avec lui, il apprit que deux frères l'avaient questionné sur sa présence et ses intentions. Il pensa aussitôt aux Bergougnioux mais c'était absurde. Pas dans ce quartier. Effectivement, il s'agissait de deux jeunes Arabes un peu plus âgés que lui. L'épicier cafetier, qu'ils avaient interrogé avec insistance, indiqua à Guillaume le pâté de maisons où ils devaient habiter.

Il s'y rendit. Il n'y avait pas la même bienveillance dans ce quartier moins commerçant. Il lui était difficile d'engager la conversation avec qui que soit. Pas de banc non plus pour s'asseoir ou de lieu pour se donner une contenance. À plusieurs reprises, il eut l'impression d'être épié mais la rue restait déserte. Il scruta les façades. Rien non plus, juste une fenêtre à pans de bois qui se referma doucement. Il resta encore quelques minutes à la guetter attentivement, comme si Amina se cachait derrière le moucharabieh, mais rien ne vint, pas un bruit, pas une parole.

Il se résolut donc à quitter la rue. Au bout d'une centaine de mètres, il eut l'impression d'être suivi. Il hésita entre ralentir le pas ou accélérer. Il ne voulut pas se retourner. De toute évidence, ce n'était pas une femme qui le suivait. Il reprit sa marche normale. Une poignée de secondes plus tard, il fut hélé fermement :

— S'il vous plaît monsieur, je peux vous parler ?

– XIV –

Le ton était sans appel. Guillaume stoppa puis se retourna vers un gaillard assez musclé qui devait avoir au moins 25 ans.

— Je peux savoir ce que vous faites à fouiner devant chez moi ? dit-il sans aménité.

— Je ne fais que passer. Je cherche une amie.

— Une amie ? Vous avez des amis dans ce quartier ? Vous n'habitez certainement pas ici.

Guillaume sentit qu'il ne fallait pas répondre directement et trouva vite une parade :

— J'ai quelque chose d'important à vous dire. Est-ce que je peux vous offrir un café ?

L'autre accepta. La glace se brisait.

Dès qu'ils furent assis à la terrasse de l'épicier qui l'aimait bien, Guillaume, avant même de commander, alla droit au but.

— Je ne vais pas finasser. Je cherche une jeune fille qui s'appelle Amina. J'ai l'intuition que vous la connaissez.

— Qu'est-ce que vous lui voulez ?

Il la connaissait donc. Mais qui était-elle pour lui ? Et comment dire les choses sans vraiment les formuler ? Il ne voulait surtout pas mettre en danger son amoureuse car il ignorait ce qu'elle avait pu dire à son entourage.

— C'est une jeune fille que j'apprécie énormément. Je l'ai connue à Cherchell. On m'a dit qu'elle a eu de gros ennuis et je voulais la réconforter. Vous savez où je pourrais la trouver ?

— C'est ma sœur.

Il ne fut pas plus loquace mais Guillaume sentit qu'il pouvait engager davantage la conversation :

— Vous savez ce qui lui est arrivé ?

— Oui.

— Elle n'a pas envie de porter plainte ?

— Avec ma famille, on a décidé que non.

— Mais elle ?

— Chez nous, on prend toutes les décisions en famille.

— Elle va bien ?

— Pas terrible, elle ne veut parler à personne.

— Je peux la voir ?

— Ça va être difficile. Il faut d'abord lui demander. Mais ça m'étonnerait que mes parents soient d'accord. Et notre grand frère, qui est en métropole, est très en colère contre elle.

— Et pourquoi ?

— Parce qu'il estime qu'elle a déshonoré la

famille. Il veut la tuer. Heureusement qu'il est à Marseille…

— Vous pensez comme lui ?

— Non. Mais une fille ne doit pas sortir le soir. Elle l'a un peu cherché.

— Vous ne pouvez pas dire ça ! Elle n'y est pour rien. Elle rentrait chez elle.

— Qu'est-ce que vous en savez ?

— Je suis son petit ami.

Il y eut un silence, assez long. Guillaume se demandait comment le frère d'Amina recevrait la révélation.

— C'est donc vous, le « métro » qui sortait avec elle ?

— Oui.

— Mon frère n'a pas du tout aimé ça quand il l'a appris. Il dit que c'est une traînée et que ça devait mal finir.

— Et lui, à Marseille, il n'a pas d'amoureuses ? Pourquoi les hommes auraient-ils le droit de tout faire et les filles rien du tout ?

Guillaume s'était emporté mais l'Arabe ne le prit pas mal. Il sembla au contraire attendri par sa fougue.

— Petit ami, avez-vous dit ? Vous êtes réellement amoureux de ma sœur ? Ce n'est pas juste pour vous amuser ? Je la connais bien, elle est assez allumeuse.

— Elle n'est pas allumeuse, elle est très belle, et elle attise donc les convoitises. Mais je ne l'ai jamais vue en profiter.

Le jeune homme, qui donna à ce moment-là son prénom – il s'appelait Saïd –, semblait sincèrement ébranlé par la fougue de son interlocuteur. Il y a encore dix minutes, il était prêt à corriger le malappris qui rôdait devant chez lui.

— Je veux bien dire à Amina que je vous ai vu et demander à mes parents s'ils sont d'accord pour que vous lui parliez en leur présence. Mais je vous préviens, ce n'est pas gagné. Chez nous, on a des principes. Revenez dans deux jours et je vous dirai. Mais surtout n'en parlez à personne. Je ne veux pas que notre frère l'apprenne. C'est lui le chef de famille. Mes parents sont âgés et il est capable de me casser la figure s'il sait qu'on s'est vus. Quant à Amina…

Il ne termina pas sa phrase et se leva après l'avoir salué.

En quittant la table de l'épicier, Guillaume se sentit soulagé. Il savait désormais où logeait son amoureuse et elle saurait qu'il avait essayé de lui parler…

– XV –

En attendant le verdict du clan d'Amina, Guillaume se concentra sur le quatrième larron.

Sur la feuille qu'il avait dérobée dans le bureau de son père, il y avait, derrière son prénom, Antoine, un point d'interrogation. Le détective avait-il des doutes sur sa présence au moment du viol ? Il n'aurait pas pris le risque de donner son nom au colonel. Peut-être n'était-il pas certain de son identité ou de l'orthographe de son nom ?

Guillaume ne se sentait pas l'humeur d'un juge ou d'un enquêteur à distinguer les responsabilités des uns et des autres. Pour aller jusqu'au bout de sa mission, il lui fallait châtier tous les coupables et tous les complices.

Il retrouva assez facilement la piste du bonhomme. C'était bien son nom. Il procéda comme avec les trois autres, en commençant par rôder autour de son domicile, pour mieux connaître celui à qui il avait affaire.

C'était un personnage à première vue assez falot, un peu plus jeune que les autres. Il avait une telle tête de fat que Guillaume eut instantanément envie de la lui aplatir. Mais il sut se reprendre à temps.

Dans un premier temps, il s'en prit à sa voiture car il avait remarqué que le jeune blanc-bec, qui ne devait pas avoir son permis depuis bien longtemps, avait l'air d'y consacrer un soin très particulier. Il la lustrait plusieurs fois par jour et ne la sortait que pour de petites courses.

Guillaume revint la nuit suivante. La voiture n'était pas garée dans la rue. Il repartit vers le quartier des facultés pour aller boire un panaché, puis deux, et retourna rue du Docteur Trolard vers une heure du matin. Cette fois le véhicule était bien là, le capot encore chaud. Après s'être assuré que les environs étaient déserts, Guillaume sortit un canif de sa poche et creva consciencieusement chacun des quatre pneus. Il tordit avec la même énergie les essuie-glaces et, pour couronner le tout, versa dans le réservoir d'essence le sachet de sucre qu'il avait apporté avec lui.

Rentré chez lui, il adressa une lettre anonyme au propriétaire de la voiture, alternant menaces et sous-entendus. Sa cruauté se raffinait au fil des jours et des semaines et il dut s'avouer qu'il y prenait un certain plaisir.

– XVI –

Guillaume retourna à l'heure dite au café mais le frère d'Amina n'était pas là. Il attendit une heure, avant de quitter les lieux en disant à l'épicier qu'il reviendrait le lendemain. Rentré chez lui, il se livra à son activité favorite : la rédaction de lettres anonymes. Les quatre comparses y eurent tous droit. Cette fois-ci, il inventa les pires artifices pour semer la pagaille et la désunion. L'évocation de la scène du viol lui faisait trembler la main.

Le lendemain, Saïd était au rendez-vous. Il lui expliqua que ses parents avaient donné leur accord pour qu'il revoie Amina à condition d'être présents et que les deux amoureux ne se touchent pas.

Le cœur battant, il suivit le jeune homme jusqu'à l'immeuble devant lequel il avait fait le guet. C'était une maison tarabiscotée, pleine d'ombres et de recoins. Il imagina ce qu'avaient pu être l'enfance puis l'adolescence de la jeune fille qu'il aimait.

Il fut accueilli par son père, un ancien soldat

annamite qui avait servi dans le désert avec le maréchal Lyautey et qui, à force de vivre dans son pays d'adoption, avait fini par en prendre les caractéristiques physiques. Il était devenu plus arabe que ses voisins, par le comportement mais aussi les traits.

Il fit plutôt bonne figure pour accueillir Guillaume ; sa femme demeurait en retrait, presque invisible dans un coin du patio. Ils avaient organisé un étrange cérémonial ; ils placèrent le jeune homme devant une porte-fenêtre surmontée de croisillons de bois, puis firent entrer Amina derrière le moucharabieh. Guillaume ne pouvait distinguer que sa silhouette, tout en devinant qu'elle était voilée. Il se sentait d'autant plus mal à l'aise que derrière lui prirent place Saïd et son père.

Ce fut la jeune fille qui parla la première :

— Bonjour Guillaume.

Un Guillaume qui ne put que balbutier :

— Ça va ?

Ils n'échangèrent que des paroles convenues. À sa voix, il la trouvait changée, comme éteinte. Il est vrai que les conditions n'étaient guère propices à la confession ou à l'intimité. Elle eut beau lui jurer que tout allait bien, il n'en croyait rien. Elle glissa toutefois deux ou trois mots qui lui allèrent droit au cœur : elle semblait touchée par sa sollicitude et par les efforts qu'il avait accomplis pour la retrouver. Mais il n'y avait dans ses propos ni allusion à ce qu'elle avait vécu six semaines auparavant, ni câlinerie, ni a fortiori déclaration d'amour.

Il abrégea la conversation. L'atmosphère devenait trop pesante et il souffrait de devoir réfréner l'expression de ses sentiments. Avoir fait tout ce chemin, croire enfin atteindre le terme et se retrouver à parler mécaniquement à une étrangère... C'était bien ce qu'elle était devenue, une étrangère, en apparence plus à l'aise avec sa famille qu'avec un fils de colon. Avait-elle oublié qu'il y avait encore deux mois, elle était dans ses bras, que leurs corps s'enlaçaient et qu'ils se murmuraient des Je t'aime qui décuplaient leur désir ?

Guillaume était dans un grand état d'abattement. Il ne la salua même pas, prit congé des parents et se fit raccompagner par Saïd qui lui promit de lui donner des nouvelles d'Amina. Mais, même de cela, il ne voulait plus...

– XVII –

Guillaume traversa des jours de grand vide. Il n'était plus mû par cette bourrasque de sentiments puissants qui l'avaient aidé à tenir pendant un mois et demi. La vengeance, il en avait épuisé le goût car il savait que les dés désormais roulaient sans lui. Il les avait lancés, ils allaient livrer leur verdict et, selon toute vraisemblance, pourrir la vie de ceux qui avaient pourri celle d'Amina. Quant à elle, il n'avait plus à la chercher, mais le fantôme diaphane qu'il avait trouvé au terme de sa quête n'était plus qu'un lointain souvenir de celle qu'il aimait.

Il se laissait aller à la mélancolie ; ce n'était pourtant pas sa nature. Il tenta de se rapprocher de ses parents mais le cœur n'y était pas. Trop de secrets à leur cacher, et si peu à partager avec eux. Il avait déserté les Chantiers de Jeunesse et ne trouvait plus goût à rien. Il errait dans les rues d'Alger sans avoir la force de retourner à Cherchell où tant de liens le rattachaient à son adolescence désormais saccagée.

Le petit port de pêche n'était plus le paradis de son insouciance et de sa liberté, c'était désormais une souillure dans la vie de la jeune fille et une blessure dans celle de son amoureux.

Pourtant, une jolie surprise allait le sortir de son désespoir.

– XVIII –

C'était une fin de matinée. Guillaume broyait du noir dans sa maison qui jouxtait la résidence du gouverneur, Villa des Pins. L'estafette qui assurait le service de son père vint le voir dans sa chambre pour lui dire qu'une personne le demandait. « Un monsieur arabe », dit-il drôlement.

Guillaume descendit sur la terrasse et y découvrit Saïd. Il s'était habillé au mieux pour la circonstance. On était bien loin du grand gaillard qui l'avait interpellé avec rudesse devant chez lui trois semaines plus tôt. Tout endimanché, Saïd paraissait embarrassé pour expliquer sa démarche.

Il avait selon lui beaucoup parlé avec sa sœur après leur brève entrevue chez eux. Elle avait été triste de le voir partir si vite et s'était rendu compte qu'elle avait été trop froide avec lui. Cette indifférence, elle ne la voulait pas, mais les circonstances l'y obligeaient. Elle avait donc décidé, d'un commun accord avec son frère, de le charger d'une mission dont ni l'un ni l'autre ne parleraient au reste de la famille, et surtout pas au frère aîné qui venait d'annoncer son prochain retour en Algérie : faire parvenir une lettre à Guillaume.

Saïd ne savait pas ce que contenait l'enveloppe. Il la lui remit puis quitta les lieux.

Guillaume l'ouvrit fébrilement. La lettre était on ne peut plus brève mais elle se terminait par un cœur, dessiné maladroitement, qui le transporta de joie. Pourtant, ce qui précédait cette si jolie signature était glaçant. Deux mots simplement, en lettres capitales : VENGE-MOI

– XIX –

Elle n'avait donc pas su – et comment aurait-elle pu ? – qu'il s'était déjà exécuté avant même qu'elle lui en intimât l'ordre ? Ou peut-être jugeait-elle que la vengeance n'avait pas été au niveau de l'affront ?

Comment lui faire savoir qu'il avait déjà planifié et exécuté cette vengeance ? Fallait-il pour cela passer par Saïd ou organiser une action d'ampleur qui, forcément, parviendrait à ses oreilles ? Avec les risques que la solution impliquait, il choisit d'utiliser une nouvelle fois le frère d'Amina pour messager.

Il écrivit tout d'abord une longue lettre à sa belle pour lui détailler tout ce qu'il avait entrepris depuis la terrible nuit. Il l'assortit d'effusions amoureuses dont il ne se croyait pas capable par écrit. Puis il se rendit devant la maison de la jeune fille, et chuchota son prénom sous la fenêtre où il pensait l'avoir entr'aperçue le mois précédent ; nul écho à son appel étouffé. Il alla voir son complice épicier-cafetier, attendit un long moment à la terrasse et finit par apercevoir Saïd au bout de la rue. Il lui remit la lettre pour sa sœur, en lui faisant promettre de ne pas la lire et de garder le secret, puis ils burent un thé à la menthe.

Jour après jour, un lien de confiance se renforçait entre les deux jeunes gens. Ils se parlèrent de leurs rêves d'avenir, évitèrent de trop s'attarder sur le cas d'Amina qui, selon son frère, s'étiolait depuis leur dernière rencontre, puis se quittèrent comme deux amis.

– XX –

La veille de Noël de cette année 1942, l'amiral Darlan fut assassiné à quelques centaines de mètres de chez Guillaume. Il avait été ministre de la Marine puis chef du gouvernement mis en place par le maréchal Pétain, jusqu'à son remplacement par Pierre Laval huit mois plus tôt. Il était toutefois resté commandant en chef des forces militaires et venait tout juste d'arriver à Alger au chevet de son fils gravement malade. Un mois plus tôt, la flotte française, qu'il avait longtemps dirigée, s'était sabordée dans la rade de Toulon pour éviter de tomber aux mains des Allemands qui venaient d'envahir la zone libre.

On arrêta très vite l'assassin de l'amiral Darlan.

Fernand Bonnier de la Chapelle était un camarade de Guillaume, ils avaient le même âge et s'étaient retrouvés sur les bancs de la faculté d'Alger. Il fut sommairement jugé puis exécuté le surlendemain de l'assassinat.

Guillaume était révolté. Il avait appris que son ami avait été manipulé par des monarchistes, et peut-être par des gaullistes. Lors de son procès expéditif, on découvrit qu'il avait été choisi pour tuer l'Amiral en tirant à la courte paille avec trois de ses compagnons, Gross, Ragueneau et Tournier. Le père de Fernand Bonnier de la Chapelle, journaliste à *La Dépêche algérienne,* raconta à Guillaume, venu lui présenter ses condoléances, que son fils était un cœur pur. Inconsolable, il lui expliqua ce qu'il savait déjà – puisque Fernand était avec Guillaume aux Chantiers de Jeunesse –, à savoir la participation courageuse de son fils à la manifestation antinazie des étudiants français à l'Arc de Triomphe le 11 novembre 1940, alors qu'il n'avait même pas 18 ans.

C'est le général Giraud qui prit aussitôt la place de l'amiral Darlan. Il refusa de différer l'exécution de Bonnier de la Chapelle. Cette décision avait ulcéré Guillaume qui reporta sa colère sur son père, au seul motif qu'il soutenait Giraud depuis longtemps. Or, le colonel s'était secrètement réjoui de l'assassinat de Darlan et cela aurait dû le rapprocher de son fils.

Le courroux de Guillaume s'ajouta à d'autres, qu'il avait tant bien que mal essayé d'enfouir. Le viol d'Amina, l'indifférence des proches, la haine des quatre ordures qui n'avaient pas répondu de leurs crimes devant la justice, la diplomatie trop tempérée de son père, la captivité de la jeune fille, la réaction de sa famille, c'était trop pour un jeune homme exalté. Et c'est là qu'il prit une décision qui allait causer sa perte.

– XXI –

Quatre semaines après l'assassinat de l'amiral Darlan, Guillaume fêta son vingt et unième anniversaire. Il était donc désormais majeur. Aux yeux de la loi mais pas encore à ceux de ses parents qui ne le considéraient toujours pas comme un adulte. Il décida de leur prouver le contraire en quittant le domicile familial sans les avertir.

Légalement, ce n'était pas une fugue mais symboliquement, c'était important pour lui. Empêtré dans le confort douillet que lui offraient ses parents, mal à l'aise face à leur position sociale, à la profession et à la prudence de son père, il ne pensait plus être capable d'enthousiasmes ou de coups d'éclat comme celui qu'avait accompli Bonnier.

Il se réfugia donc chez l'un de ses amis, Marleau, qui vivait seul dans un deux pièces pour étudiant. C'était l'un de ses plus proches camarades et surtout le plus digne de confiance. Or, pas plus qu'à quiconque, il ne lui avait fait confidence de ce qui lui pesait sur le cœur depuis le viol d'Amina. Cette fois-ci, il profita d'une longue nuit où ils parlaient au clair de lune en fumant la chicha – ce qu'il n'avait jamais osé chez lui – pour lui raconter ce qui s'était passé et ce qu'il avait fait depuis.

Marleau l'écoutait religieusement et réagissait aussi passionnément que lui à tous les épisodes douloureux vécus par son ami. À la fin du récit, il lâcha son narguilé et lui dit :

— Ces types-là, il faudrait les castrer, leur couper les couilles. Ta chérie a raison, elle n'a pas été assez vengée.

Était-ce la douce nuit d'Alger malgré l'hiver, les vapeurs de la chicha, ou le soulagement de s'être enfin confié à quelqu'un ? Guillaume se sentait délicieusement calme et apaisé. Il écouta avec attention les conseils de son camarade qui, à son tour, libéra sa conscience.

— Je connais quelqu'un de pas très recommandable mais qui s'est plusieurs fois chargé de régler le compte de salopards comme ceux dont tu viens de me parler. Il ne te demandera pas d'argent mais il te proposera peut-être d'intégrer son organisation.

— Quelle organisation ?

— Je ne sais pas, répondit Jacques Marleau en se rétractant un peu. Je ne l'ai jamais rencontré personnellement mais c'est une connaissance d'un de mes meilleurs amis.

— Tu as déjà eu recours à ses services ?

— Oh non ! Mais il paraît qu'il est très efficace. Il est un peu plus âgé que nous, il est arrivé de métropole peu après l'Armistice, je ne sais pas trop de quoi il vit, j'ai l'impression que son truc, c'est plutôt une organisation paramilitaire.

Cette histoire d'homme de main chargé des basses œuvres projetait soudain Guillaume dans un univers adulte qui le fascinait et le terrifiait à la fois. Il promit à Jacques de réfléchir puis il alla se coucher, dans un mélange de calme – soulagé d'avoir pu partager son secret avec un ami – et de gravité – redoutant de mettre la main dans un engrenage qu'il ne pourrait pas contrôler.

- XXII -

Le lendemain matin, il était revenu à des sentiments plus paisibles. Non, il n'allait pas se lancer dans cette aventure inconsidérée, avec des gens qu'il ne connaissait même pas et qui, de l'aveu même de son ami, étaient plus que louches.

Jacques Marleau lui aussi semblait légèrement en retrait :

— Je t'ai dit ça pour t'aider mais je te laisse choisir. Bien sûr. À toi de voir, aujourd'hui ou plus tard...

Décidemment moins exalté que la veille, Guillaume prit la résolution d'aller voir ses parents pour ne pas trop les inquiéter après son départ soudain.

Son père n'était pas là, et c'était mieux ainsi. Depuis l'arrivée du général Giraud comme haut-commissaire de la France pour l'Afrique, il avait fort à faire. Tous les amis de Darlan avaient été expurgés ou placardisés et il fallait pourvoir à leur remplacement.

Ce fut sa mère qui accueillit Guillaume. Elle était aux cent coups :

— Tu m'as fait la peur de ma vie. Où étais-tu ?

Il la rassura en lui disant qu'il avait décidé de partir à Cherchell avec son ami Jacques.

— Mais pourquoi ne vas-tu pas plutôt chez nous ? La gouvernante est là-bas. Elle peut t'accueillir quand tu veux. Et je peux même t'accompagner.

À cette seule perspective, Guillaume fit machine arrière. Il expliqua à sa mère qu'il ne savait pas trop quand ils allaient partir. En attendant, ils réviseraient leur droit.

Sa mère le serra très fort dans ses bras et, au moment où il allait partir, lui dit :

— J'avais oublié. Quelqu'un a apporté une lettre pour toi.

Quand il ouvrit l'enveloppe sur le perron après avoir pris congé de sa mère, il crut s'évanouir.

– XXIII –

C'était une écriture inconnue, celle de Saïd.

Dans un style maladroit, il lui expliquait qu'il y avait urgence. On venait de découvrir qu'Amina était enceinte et son frère aîné voulait la tuer.

La lettre avait été remise la veille. Il ne fallait pas tarder. Il avait pourtant les jambes flageolantes et ne voulait pas que sa mère le surprenne dans un état pareil.

Il courut à perdre haleine après un autobus qui le déposa dans le quartier d'Amina. Il se précipita chez l'épicier et le supplia de lui rendre un service :

— Va chez elle et demande à parler à son frère Saïd. Moi je ne peux pas, je suis grillé. Je tiendrai la boutique en attendant. Je ferai au mieux mais va vite, s'il te plaît...

Le commerçant, qui le connaissait pourtant si peu, se montra serviable et, de plus, efficace. Il revint peu de temps après, accompagné de Saïd.

Ce dernier l'entraîna vers la table la plus éloignée.

Ses yeux et ses gestes témoignaient d'une certaine fébrilité.

— C'est ma mère qui s'est un jour aperçue qu'Amina n'avait plus ses règles. Elle l'a questionnée, ma sœur a fondu en larmes. Elle n'a rien voulu dire. Et là ma mère a fait ce qu'il ne fallait pas : elle en a parlé à mon père. Au début, il n'a pas trop mal réagi, il est allé la voir. « Ma pauvre chérie, lui a-t-il dit, ces petites crapules, non seulement ils t'ont blessée mais encore ils t'ont fait un enfant. On va aller voir la passeuse d'anges. Elle fait ça avec des plantes. » Et là, Amina est tombée sur la tête. « C'est trop tard, a-t-elle dit, je ne veux pas. »

Saïd reprenait difficilement sa respiration. Il était dévoré d'inquiétude pour sa sœur.

— À ce moment-là, mon frère s'en est mêlé. Il a répété une fois de plus qu'Amina était une traînée et qu'il ne la voulait plus sous son toit. « Il n'y aura pas d'enfant du péché dans notre famille », a-t-il hurlé. « Si elle le garde, je me charge de les liquider tous les deux ! » Mon père n'osait rien dire, ma mère s'est mise à pousser des youyous, ce qui a énervé encore un peu plus mon frère qui a levé la main sur elle avant que mon père ne l'arrête. Amina est prostrée dans un silence terrifiant. J'ai peur pour elle.

Tout au long de son récit, Guillaume avait tremblé. Mais égoïstement, il pensait davantage à lui qu'à son amoureuse. Il imaginait la semence des violeurs, leurs spermatozoïdes qui se frayaient un chemin dans le corps d'Amina et il était révulsé.

Pourtant, un mot l'avait fait sortir de son dégoût. Un petit mot d'espoir peut-être en ces jours de malheur.

— Elle a bien dit : « C'est trop tard » ?

— Oui, c'est ce que ma mère a répété.

— Alors s'il te plaît, Saïd, va voir ta sœur. Dis-lui que tu viens de me voir et demande-lui depuis combien de temps elle est enceinte. Si elle ne veut pas te répondre, qu'elle te montre avec ses doigts.

Saïd le regarda, interdit. Il avait trop peur de comprendre :

— Ne me dis pas...

— S'il te plaît. Pour l'amour de Dieu.

- XXIV -

Quand Saïd revint, il avait une drôle d'expression. Mais il ne savait pas comment annoncer à Guillaume la nouvelle qu'il venait d'apprendre.

— Tu avais raison, commença-t-il par lui dire, elle n'a pas voulu me parler.

Le visage de Guillaume se ferma douloureusement.

— Mais quand je lui ai demandé, comme tu me l'as dit, de répondre avec sa main, elle l'a d'abord cachée sous ses vêtements, sur son bébé, puis elle a fini par me la montrer.

— Et alors ?

— Et alors, tu as la réponse.

Guillaume mit une seconde à comprendre. L'autre lui opposait sa paume ouverte.

— Toute la main ?

— Oui.

— Cinq doigts ?

— Oui.

Il avait presque envie de sauter de joie en cette circonstance pourtant tragique.

— Tu as compris comme moi ? Le viol a eu lieu il y a quatre mois. Elle est enceinte de moi, Saïd !

L'autre le regardait avec une expression interdite qui ne renvoyait pas la même allégresse.

— Tu ne penses quand même pas que ça va changer l'opinion de ma famille ? À la limite, c'est pire. Si cet enfant avait été le fruit d'un viol, elle pouvait se justifier en disant qu'elle n'y était pour rien. Là, elle est consentante ! Et enceinte sans être mariée... Je ne sais pas comment ça se passe pour vous mais chez nous c'est un péché.

— Je suis prêt à l'épouser. Je l'aime.

— Je ne suis pas sûr que ça fasse retomber la colère du père et surtout celle de notre frère. Moi-même je croyais qu'elle était encore vierge.

— Mais on s'aime, Saïd, et je suis majeur.

— Pas elle. Et ça ne change rien.

— Qu'est-ce qu'on peut faire pour la sortir d'affaire ? demanda Guillaume qui se raccrochait au moindre espoir.

— Pas grand-chose. Si tu leur parles, ça sera pire que tout.

— Tu ne peux pas te débrouiller pour la faire sortir de chez elle et que je puisse ainsi lui parler en face à face ?

— Tu ne te rends pas compte ! Tu ne sais pas dans quelle famille tu es tombé. Des préceptes à l'ancienne. Pas comme les mœurs de débauchés chez vous.

— Ce ne sont pas des mœurs de débauchés. C'est de l'amour, Saïd, et pas en cachette.

— Deux mondes, Guillaume. Accepte l'idée. Je ne juge pas le tien, ne juge pas le mien.

— Tu peux m'aider quand même ?

— Je vais voir ce que je peux faire.

Et il repartit chez lui, sans avoir vraiment rassuré Guillaume.

– XXV –

Très perturbé, Guillaume rentra chez Jacques Marleau et lui raconta les derniers événements. Il ne cachait pas une forme de fierté enfantine à l'idée de devenir père mais il était aussi très inquiet du sort d'Amina ; il ne savait vraiment pas comment le contrarier.

C'est là qu'une deuxième fois, Jacques évoqua la possibilité d'un homme de main.

— Peut-être qu'il pourrait t'aider à l'enlever de chez elle, si elle en a comme toi envie ?

Guillaume réfléchissait :

— Après tout, ça n'engage à rien de le rencontrer.

Son ami s'agita un peu et finit par retrouver la trace de l'individu. Ils avaient rendez-vous le soir même à l'Otomatic, le bar en vue de la rue Michelet.

Le personnage n'était pas conforme à ce qu'avait imaginé Guillaume. Il n'avait rien d'un malabar, il était plutôt fluet, agile dans la conversation et au fond assez sympathique. Ce qui n'empêchait pas l'étudiant de se méfier et de rester sur ses gardes.

Ils parlèrent de tout mais finalement très peu de politique. Paolini, c'est ainsi qu'il se dénommait, avait dû apprendre par Jacques ou son ami intermédiaire quel était le statut du père de Guillaume ; ça l'intéressait au plus haut point mais il faisait mine de l'ignorer.

Mis en confiance et soulagé de ne pas être sollicité pour faire partie de cette milice paramilitaire évoquée par Marleau, Guillaume raconta le viol et ses conséquences. Incidemment, Paolini demanda le nom des agresseurs. L'étudiant les lui donna. Il était trop content de le faire savoir un peu partout dans Alger, ce qui n'arrangerait pas leur réputation. Paolini nota sur un petit carnet. Il releva également l'adresse d'Amina en insistant bien sur le fait qu'il fallait évidemment qu'elle soit d'accord.

Guillaume l'interrompit :

— Attention, pour l'instant je ne vous ai rien demandé. Je voulais juste me renseigner sur les modalités. Je n'ai pas encore pris ma décision et surtout je ne sais toujours pas si le projet va plaire à Amina.

— Bien sûr, cela va de soi. Sachez juste que je suis là, prêt à vous aider, et que vous aurez bientôt l'occasion de pouvoir vérifier que je suis fiable. Et surtout très efficace. À ce jour, personne ne s'est plaint de la qualité de mes services.

Il y avait en lui une forme d'assurance qui rassurait Guillaume. De plus, il ne demandait rien en échange et, c'était vrai, il était indéniablement séduisant. Le jeune homme demanda quand même à réfléchir, car il ne savait pas où il s'engageait, et ils convinrent de se revoir.

– XXVI –

Pas de nouvelles du côté de Saïd ; deux incursions pour rien dans son quartier. Pas davantage de lettres chez lui. Guillaume était allé voir sa mère pour vérifier, sous couvert d'une petite démonstration d'affection.

Rentré chez Jacques, il découvrit son ami livide avec à la main *L'Echo d'Alger*. En page 3, un entrefilet : « Un cadavre sur la plage ». Guillaume lut à son tour, tétanisé :

> « La police de Sidi-Ferruch, alertée par un promeneur, a fait hier matin une macabre découverte sur la plage de la presqu'île située à une trentaine de kilomètres à l'ouest d'Alger. Un cadavre gisait au bas d'une petite falaise. L'homme portait sur lui des papiers au nom de Bergougnioux Thomas, 29 ans. Originaire d'Alger, il était en villégiature à Cherchell. La police ne s'explique pas sa présence à 60 km de là. Elle ne privilégie pour l'instant aucune

piste. Simple accident ? Le disparu s'est-il suicidé ? A-t-il été poussé du haut de la falaise ? On n'a retrouvé sur lui aucune trace de balle, ni d'autres contusions que celles occasionnées par sa chute. Une enquête a été ouverte. »

Les deux jeunes gens étaient abasourdis. Sans oser le formuler, ils pensaient la même chose : Thomas Bergougnioux était le premier de la liste donnée l'avant-veille à Paolini. L'autre avait-il devancé le désir inavoué de Guillaume ?

Sans doute pour tenter de se dédouaner, celui-ci avança timidement une autre hypothèse à l'intention de son camarade incrédule :

— On peut aussi tout à fait imaginer que les lettres anonymes aient atteint leur but. Et n'oublie pas que j'ai tout dit à sa femme. Elle a pu se venger ou l'acculer au suicide.

— Dans ce cas j'espère que tu as bien contrefait ton écriture. Parce qu'il va y avoir une enquête. On va fouiller chez lui. Et on va interroger sa femme. Elle va peut-être leur dire que c'est par toi qu'elle a tout appris.

— J'ai laissé planer l'ambiguïté. Et je n'ai parlé que de rumeurs. Je ne me suis pas mis en avant, répondit Guillaume qui, après un temps d'arrêt, reprit : Eh bien ! Je te trouve moins solidaire dès qu'arrive la première tuile. Avant-hier, tu étais le premier à me proposer de recourir à un tueur à gages, et là, tu en es presque à me reprocher d'avoir provoqué le suicide de cette canaille !

— Pas du tout, mon Guillaume. J'essaie de bien anticiper tout ce qui peut t'arriver. Il faut toujours imaginer le coup d'après, on gagne beaucoup de temps. Et puis, je vais te dire, je suis ravi que cette crapule ait débarrassé le plancher. Peu importe comment. Qu'il ait été conduit au suicide parce que tu l'as poussé à bout ou que ce soit un mauvais coup de notre ami Paolini... Au passage, si c'est la bonne piste, le bonhomme est sacrément fort. Une petite poussette dans le dos sans qu'on lui ait rien demandé, et ce, vingt-quatre heures à peine après une anisette avec nous, ça c'est du service après-vente !

Pour la première fois de la matinée, les deux jeunes gens se détendirent. Et même rirent un peu. Ils venaient d'entrer dans la cour vénéneuse des grands.

– XXVII –

Saïd se manifesta enfin. Amina, qui avait refusé de lui parler pendant trois jours, venait de lui donner une réponse. Elle était d'accord pour revoir Guillaume, dans d'autres conditions que la première fois. Elle lui ferait savoir à quel moment son père et son frère aîné ne seraient pas chez eux. Elle envisageait de lui parler de la fenêtre. Sa mère ne dirait rien, elle était de son côté.

C'était une bonne nouvelle. Même si, encore une fois, les conditions de leur échange s'annonçaient acrobatiques.

En attendant, Guillaume se préparait à une autre épreuve risquée. Mais celle-là, il se l'imposait : il avait décidé d'aller à l'enterrement de Thomas Bergougnioux. Pour voir, pour continuer son enquête.

Jacques l'accompagna. Il l'avait prévenu : il risquait d'y avoir des policiers en civil. C'était souvent ce qui se passait en pareilles circonstances, lorsqu'une mort était considérée suspecte. Il était donc préférable que son ami soit à ses côtés, pour se donner une contenance et improviser en cas d'incident.

Guillaume avait son plan, qu'il exécuta parfaitement. Il attendit que la famille proche ait fini de défiler au cimetière, pour s'approcher de sa veuve et lui présenter ses condoléances. Elle parut surprise mais heureuse de sa présence. Il l'entoura de ses bras et lui murmura : « Je suis venu pour toi. Je ne le connaissais pas mais j'imagine ta peine. Il était impensable que je ne sois pas là. — Oh merci, mon chéri. — Que s'est-il passé ? — Je te raconterai. Mais je suis sûr à 100 % qu'il ne s'est pas suicidé. Revoyons-nous. »

Elle l'étreignit comme elle l'aurait fait de son amant. Qu'il était...

Tout en laissant la place à ceux qui attendaient de présenter à leur tour leurs condoléances, il se posta de manière à observer la petite foule qui se pressait devant la tombe. Il y avait là Édouard, le frère, ce qui paraissait normal, mais ni Ariel Langwiz ni le quatrième larron. Du moins lui semblait-il.

Il fit semblant d'avoir de la peine, pour ne pas éveiller les soupçons des messieurs à lunettes noires qui pouvaient aussi bien travailler pour la police que pour les Pompes funèbres mais, au fond de lui, il était très heureux de voir Amina enfin vengée, et de la manière la plus radicale...

- XXVIII -

Ce fut un supplice que de parler à son amoureuse dans ces conditions. Lui dans la rue et elle à sa fenêtre du premier étage. Elle l'avait ouverte intégralement et Guillaume pouvait enfin revoir son visage. Et sa poitrine qui palpitait chaque fois qu'elle s'adressait à lui. En revanche, il ne voyait pas son ventre et ne pouvait mesurer l'évolution de sa grossesse.

Il ne voulut pas perdre de temps et alla à l'essentiel :

— Ça y est, tu es vengée, Amina ! Le chef de la bande est mort.

— Vraiment ? C'est toi qui l'as tué ?

— Je t'expliquerai. Ce n'est vraiment pas très commode comme ça. Tu ne peux pas demander à Saïd de te faire descendre d'un étage, d'ouvrir ta porte et de me laisser entrer ?

— Non.

— Juste un peu. Je ne rentrerai pas chez toi

mais j'ai quelque chose de très important à te demander.

— Je vais voir.

Elle disparut derrière la fenêtre. Il attendit sur le seuil.

La porte s'entrouvrit au bout d'un long quart d'heure. Enfin, elle apparut ! Il se jeta dans ses bras. Elle ne refusa pas les siens. En la serrant tout contre lui, il sentit ce bébé qu'elle portait et qui les unissait à vie. Il était terriblement ému.

Elle restait collée à lui. Quand elle se détacha, il put enfin observer le visage de la femme qu'il aimait. Il avait perdu toute gaieté, ses traits étaient tirés et son teint pâle. Ce qui frappa aussi Guillaume, c'est que la vivacité de son visage, jadis si singulière, avait presque entièrement disparu. Son regard semblait délavé, vidé de tout désir. Il y avait eu un éclair fugace, au moment où elle avait ouvert la porte et retrouvé son amoureux, mais il s'était bien vite éteint. Amina, celle de Cherchell, était partie.

Il le vécut douloureusement mais ne voulut rien en montrer. Bien au contraire, il lui prit vigoureusement les poignets pour l'obliger à se redresser. Il la regarda droit dans les yeux et, au bout d'un long moment, lui posa la question fatidique :

— Veux-tu partir avec moi ?

— Partir ? répondit-elle un peu absente.

— Oui, tous les deux. Je t'enlève comme dans les

livres, je te sors de ta prison et je t'offre la liberté. On vivra d'amour et d'eau fraîche et on s'occupera de ce petit être qui grandit en toi.

— Mais, Guillaume...

— Mais quoi ?

— C'est impossible.

— Et pourquoi donc ?

Elle hésita longtemps avant de répondre, peut-être pour ne pas le blesser.

— Parce que c'est ma famille et que je ne peux pas la quitter.

— Entre ta famille et moi, tu la choisis, elle ? Ta famille qui t'a enfermée dans cette cage, ton frère qui veut te tuer ?

Amina était perdue et faisait peine à voir.

— Je ne sais plus où j'en suis, Guillaume. Cette histoire-là m'a détruite. Je te suis reconnaissante pour tout ce que tu as fait. Tu viens de me dire que tu avais éliminé le chef du gang, c'est formidable mais je ne peux plus sortir dans la rue, j'ai peur du monde...

Et, après un nouveau silence :

— Je n'aime plus personne.

— Plus personne ? s'emporta Guillaume.

— Si, toi bien sûr, mais ça n'est plus comme avant. Je suis morte. Enterre-moi.

Les larmes montèrent aux yeux du jeune homme. Il n'avait plus rien à dire. Mécaniquement, il répéta une dernière fois :

— Viens avec moi. Partons.
— Non, Guillaume.
Et elle referma tout doucement la porte pour ne pas le faire souffrir davantage.

– XXIX –

Tout au long du trajet en bus qui le ramenait chez Jacques, Guillaume sombra un peu plus dans le désespoir. Ainsi donc, Amina n'était plus à lui. Elle se détachait comme une fleur déjà fanée. Elle avait perdu tout éclat. Elle se flétrissait en se recroquevillant sur elle-même. Elle avait aboli le merveilleux pouvoir qu'elle avait sur les autres comme sur elle. Sa farouche indépendance n'était plus qu'un souvenir enfui. Elle subissait désormais, aussi bien les conséquences d'un crime odieux que cette grossesse qui semblait si peu la concerner. Or, c'était son bébé à lui aussi qu'elle portait et il se raccrochait à cet embryon comme à un dernier espoir de résurrection.

Guillaume n'avait plus grand-chose à perdre. Aussi décida-t-il de revoir Lucien Paolini.

– XXX –

Ils se retrouvèrent comme la fois précédente à la terrasse de l'Otomatic. Le Corse avait le même petit air de fouine malgré tout sympathique.

Lorsque Guillaume tenta une allusion au sort de Thomas Bergougnioux, Paolini parut absent, puis surpris. « Ah bon, il est mort ? » se contenta-t-il de demander, pas plus intéressé que ça par la nouvelle. Il était clair qu'il feignait l'indifférence mais ça ne gêna pas Guillaume. Bien au contraire : il lui suffisait désormais de laisser faire les événements.

Il continua donc à jouer son jeu :

— Peut-être n'est-ce que le début d'une longue série. Sale temps pour les salopards !

— Peut-être en effet.

L'autre le fixait avec un demi-sourire ironique.

— Au fond, ce n'est pas bien gênant que des individus de son espèce débarrassent le plancher.

— C'est vrai, répondit Guillaume. Peut-être aura-t-on d'autres bonnes surprises de ce genre...

— Peut-être, répéta Paolini, sans davantage s'étendre sur le sujet.

Il continuait à siroter son anisette, le regard dans le vague.

— Et ta fiancée ? Tu as des nouvelles ? Au téléphone Jacques m'avait dit que tu avais l'intention de partir en voyage de noces avec elle...

— Ce n'est pas ma fiancée et ce n'est pas si facile. Je le lui ai demandé mais elle ne veut pas. Pour le moment.

— Tu n'as donc pas besoin de moi ? Des exfiltrations, j'en ai quelques-unes à mon palmarès, et ça s'est toujours bien passé. Je reste à ta disposition.

— Merci beaucoup. De toute façon, je vous rappellerai. Ça dépendra de l'évolution de la situation.

— Bien sûr.

Et l'autre se leva avec sur les lèvres un petit sourire plein de sous-entendus.

– XXXI –

Guillaume était allé au bout de sa haine. Il se méprisait d'être à ce point gangréné par la colère, ce venin qui coulait désormais dans son sang et qui l'avait transformé en bloc de pierre. Il était devenu insensible, à tout et à tous. Il ne revoyait plus ses parents et se montrait froid avec Jacques ; pourtant, son condisciple ne ménageait pas les preuves d'amitié à l'égard d'un compagnon qu'il voyait jour après jour sombrer dans la noirceur.

Même Amina était victime de ses humeurs destructrices. Il ne songeait qu'à la reconquête d'un amour naufragé, oubliant parfois compassion et don de soi. La dernière image qu'il gardait d'elle l'avait profondément affecté, celle d'une apparition fantomatique en lieu et place d'un corps naguère tant aimé et si amoureusement caressé. Amina lui semblait perdue. Perdue pour elle, perdue pour lui. La nuit, il se débattait avec des cauchemars, le jour il s'endurcissait pour les tenir à distance.

Un matin de réveil pénible, il retrouva sur le visage de Jacques Marleau la même expression d'effroi que celle qui l'avait frappé dix jours auparavant. Là encore, un article de journal en était la cause.

— Lis plutôt, dit-il en désignant le quotidien replié sous le bol de café.

Cette fois l'information occupait la première page :

LA VILLA DES PINS ENSANGLANTÉE

« Les habitants de cette zone résidentielle de notre belle ville d'Alger en sont encore tout retournés. On a découvert un cadavre égorgé non loin de la Villa des Pins, le long d'un sentier paisiblement fréquenté par des promeneurs du dimanche. C'est un retraité, passant là avec son chien, qui a fait la macabre découverte et a prévenu un gardien de la Résidence. Le cadavre a été rapidement identifié par la police. Il s'agit d'un homme de 23 ans, qui gérait une concession de voitures de luxe bien connue de nos lecteurs, le garage WIZLANG. Ces derniers temps, des rumeurs couraient sur le compte du jeune gérant, Ariel, dont le comportement avait irrité ses coreligionnaires. La communauté juive de notre ville est en effet très attachée aux traditions et à l'image exemplaire qu'elle veut refléter. L'enquête s'oriente donc vers un règlement de comptes intracommunautaire mais, à ce stade, la police n'exclut pas d'autres pistes. »

Guillaume avait relu deux fois l'article avant de rendre le journal à son ami. Jacques le lui redonna :

— Ce n'est pas tout. Lis page 8.

C'était la rubrique des petits faits divers. Les notices étaient plutôt brèves. Sous l'appellation « Accidents de la route » on pouvait y découvrir qu'Antoine Weber, le dernier de la bande, avait été victime d'un choc avec une voiture dont le conducteur avait pris la fuite. Ses jours n'étaient pas en danger mais il souffrait d'une fracture du bassin.

Les deux jeunes gens se regardèrent avec appréhension. Au même moment, tous deux savaient que l'engrenage pourrait leur être fatal.

— Il faut arrêter ça, dit Jacques d'une voix blanche. S'il s'en prend maintenant au frère du caïd, il sera facile pour la police de remonter à ton histoire.

Et c'est ainsi qu'ils décidèrent de revoir Lucien Paolini une dernière fois. Du moins l'espéraient-ils.

- XXXII -

Par précaution, vu l'accélération des événements, ils avaient modifié le lieu du rendez-vous ; ils se retrouvèrent à la terrasse du Milk Bar sans trop savoir comment se débrouiller avec cette anguille qui filait entre les mains de tous.

Fidèle à ses habitudes, Paolini commença par faire comme si de rien n'était. Il sifflotait en arrivant au café pour rejoindre les deux amis qui s'y étaient pris à l'avance pour voir s'il n'y avait pas de piège ou de comparses.

— Des nouvelles d'Amina ? demanda-t-il sans doute pour brouiller les pistes. Besoin d'aide ?

— Non, répondit Guillaume, contrarié par cette insistance. Je vous ai déjà dit que j'abandonnais mon projet. Elle n'est pas d'accord.

— Bon, bon, mais sachez que je suis là. Discrétion et rapidité, telle est ma devise.

— On s'en est rendu compte, ne put s'empêcher de répondre Jacques.

L'autre tourna vers lui un sourire ironique.

— De quoi voulez-vous parler ?

— Vous le savez très bien, répondit Jacques qui s'agaçait. Arrêtez de tourner autour du pot.

Le sourire de Paolini se figea un instant puis il changea d'expression. Son visage devenait beaucoup moins inoffensif. Et son ton plus inquiétant :

— Écoutez, les amis, si vous faites allusion à cette cruelle loi des séries, vous devriez plutôt vous réjouir. Car si j'ai bonne mémoire, c'est vous qui êtes venus me voir, pas l'inverse. Et c'est vous qui m'avez donné cette liste de gens que je ne connaissais pas, contrairement à vous. Alors, si je peux vous donner un petit conseil amical, c'est de vous radoucir. On ne parle pas comme ça à quelqu'un qui vient de vous rendre service.

Il se tut puis reprit :

— Un service, deux services, trois services... Enfin peut-être... Je ne sais même pas de quoi nous parlons.

Guillaume sentit qu'il était temps d'intervenir. L'autre pouvait devenir encore plus malfaisant. Il commença par le flatter, tout en restant aussi allusif que son interlocuteur.

— Cher Lucien, sachez que je vous suis très reconnaissant d'avoir forcé le destin. Je ne sais pas comment vous vous y êtes pris et je ne veux pas le savoir. Mais j'apprécie votre efficacité et votre loyauté. Simplement, nous sommes venus vous demander d'arrêter les frais parce qu'il y a maintenant plus de risques que d'avantages. Il me semble que la leçon a été suffisante.

— C'est vous qui voyez, répondit Paolini qui n'avait aucune intention de se laisser attendrir par un discours mielleux. Mais puisque vous parlez de frais...

— On fera ce qu'il faudra, coupa Guillaume. Vous me direz ce que je vous dois.

— Qui vous parle d'argent ? répondit l'autre en faisant semblant de s'offusquer.

— Mais c'est vous qui...

— Qui rien du tout. Je ne vous ai rien demandé. Je ne fais pas ça pour ça. En revanche, puisque vous me dites apprécier mon respect de la parole donnée, je vous rappelle que je ne travaille pas seul. Moi aussi je rends des comptes et mes amis vous seraient hautement reconnaissants de bien vouloir leur renvoyer l'ascenseur.

— Vos amis ?

— Oui, mes amis. Ne faites pas semblant de tomber de l'armoire. Vous savez parfaitement pour qui je travaille. Cela vous a été précisé quand vous m'avez contacté.

Cette fois-ci, ce fut Guillaume qui intervint car Jacques avait servi d'intermédiaire au début de cette histoire.

— Mon ami m'a simplement dit que vous apparteniez à une organisation patriotique et qu'en effet vous ne faisiez pas ça pour l'argent.

— C'est cela même. Et cette organisation a un nom. Elle s'appelle la Milice et elle aimerait beaucoup pouvoir accéder au gouverneur général. Et, pour ce faire, elle compte sur votre père, cher ami.

— Alors ça, ça ne va pas être possible, s'emporta Guillaume qui s'était affolé en entendant le mot Milice.

— Impossible n'est pas français, vous le savez bien et il faut toujours payer ses dettes. Sinon, le sort peut se retourner contre vous et, en un rien de temps, vos amis peuvent devenir vos ennemis. Songez-y, jeune homme.

Cette fois-ci, il n'était plus question de cher ami. Les menaces s'amoncelaient. Les nuages aussi.

— Et puis vous savez, poursuivit-il, Alger est une ville où l'on parle beaucoup. À tort et à travers. Ça serait dommage pour vous.

Et il se leva. Toute trace de sourire avait disparu de son visage. Toute ironie aussi.

Avant de quitter la table, il salua rapidement Jacques puis serra la main de Guillaume en le regardant dans le blanc des yeux :

— Je compte sur toi.

– XXXIII –

En le tutoyant pour la deuxième fois, Lucien Paolini venait d'affirmer sans ambiguïté l'emprise qu'il avait désormais sur Guillaume, et, accessoirement, sur son ami.

Tous deux se regardaient, lucides sur la situation. Ils étaient dans de sales draps…

Comme souvent en pareil cas, on fait d'abord le tour des plus mauvaises solutions, et elles ne manquaient pas. Mais quand on n'est pas vraiment maître de la situation, il faut rester très modeste. On peut ruser un peu, tergiverser un certain temps, mais on ne s'attaque pas à une montagne. Or, la Milice, dont la réputation devenait très sulfureuse, était une organisation tentaculaire. Au service des Allemands, sans le dire vraiment, elle s'était fait ouvrir toutes les portes par l'Occupant. Et même si les nazis ne se trouvaient pas officiellement à Alger, on savait qu'ils disposaient d'un réseau impressionnant d'espions et d'hommes de main en tout genre. Il ne fallait pas plaisanter avec la Milice et d'ailleurs, ici, personne ne s'y risquait, même en privé.

Il ne restait plus à Guillaume que le choix d'une lente marche vers l'échafaud.

Troisième partie

LE CHÂTIMENT

– I –

Cette confession de Jean-Baptiste à Charles avait duré deux jours. Elle avait commencé par une simple lettre, pour lui raconter les années heureuses de son grand-père, et l'innocence perdue. Mais quand Amina était entrée dans l'histoire, et avec elle son cortège de fantômes et d'ombres noires, il avait préféré emmener son grand fils marcher avec lui en Auvergne le temps d'un week-end.

Ils avaient emprunté l'itinéraire exact du chemin de Compostelle et s'étaient retrouvés, au terme de leur première étape, à Aubrac, dans une auberge de campagne. C'était un week-end de la mi-octobre, il faisait encore doux ce vendredi soir, tandis que Jean-Baptiste lui racontait l'histoire de son père pendant le dîner, puis le samedi matin quand l'aubergiste leur prépara de délicieux sandwichs... au foie gras, tout cela parce qu'il vouait une grande admiration à l'acteur qui avait si longtemps tenu le haut de l'affiche.

Mais à Nasbinals le lendemain en fin de matinée,

le temps s'était soudainement gâté. Un peu de crachin puis une pluie drue. Dans le bistrot où ils s'étaient réfugiés pour boire un café, un client fit remarquer que c'était un temps à neige. De la neige à la mi-octobre à 1 200 mètres ? Jean-Baptiste n'y prêta pas attention et reprit sa route avec son fils dès que la pluie cessa.

Vingt minutes plus tard les premiers flocons commencèrent à tomber. D'abord épars et faibles puis une vraie tempête de neige qui se mit à recouvrir le paysage et les repères rouge et blanc censés les guider dans leur marche. Jean-Baptiste, qui avait fait naguère une partie du chemin de Saint-Jacques-de-Compostelle à partir du Gers et qui croyait tout connaître de ses embûches, ne faisait plus du tout le fier, d'autant qu'il avait désormais charge d'âme. Il ne montra pas tout de suite son inquiétude, mais Charles la perçut.

Par chance, après une heure d'hésitations et de tâtonnements, ils aperçurent un skieur de fond fort heureux de ces premières neiges. Il leur indiqua la direction de Saint-Chély-d'Aubrac qu'ils finirent par gagner au moment même où sonnait, dans la tour de l'église, la cloche lugubre qui, autrefois, redonnait un peu de courage aux pèlerins terrorisés par les bandes de loups, fréquentes en ces parages.

Et là, confortablement assis dans des fauteuils près de l'âtre, Jean-Baptiste put reprendre son récit.

– II –

Comme bien des jeunes gens à l'époque, mon père – ton grand-père donc – a fait des mauvais choix. Loin de moi l'idée d'atténuer ses fautes, il les a suffisamment payées, mais je voulais juste que tu comprennes le contexte. Après, tu jugeras par toi-même.

Ce fut difficile pour lui de ruser avec Paolini. Il ne le lâchait plus. Mon père ne pouvait nulle part aller sans croiser sa route. Un soir il le vit attablé dans le même restaurant que lui avec trois autres individus qui semblaient être de la même obédience. Guillaume était terrorisé à l'idée que tous les clients sachent la nature des liens qui l'unissaient à Paolini. Il se terra donc chez Jacques mais fut obligé d'en sortir lorsque sa mère lui demanda de passer en urgence à la maison.

Elle avait reçu la visite de deux personnages qui s'étaient réclamés de lui et qui lui avaient tenu des propos bien mystérieux. Quand elle les avait rapportés à son mari, le colonel était parti dans une grande colère et avait exigé que Guillaume soit immédiatement convoqué.

Son père arriva sur ces entrefaites et le prit d'emblée à la gorge sans s'embarrasser de témoignages d'affection à l'égard d'un fils qu'il n'avait pas vu depuis un mois :

— J'ai eu suffisamment de problèmes à régler depuis l'assassinat de Darlan et je ne suis pas mécontent de m'être débarrassé des petits marlous qui l'entouraient. Mais ce n'est pas pour me retrouver avec tes nouveaux amis sur les bras !

— Quels « nouveaux amis » ?

— Tu sais très bien de quoi je veux parler. Et je n'aurais pas imaginé que tu m'enverrais des personnages de cet acabit.

— Mais je ne t'ai envoyé personne !

— Allons ! Ta mère m'a raconté. Il est hors de question que je fasse embaucher des individus pareils.

— Papa, encore une fois, je te le jure. Je ne t'ai envoyé personne. Je t'en aurais parlé auparavant.

— J'espère que tu dis vrai. Il n'empêche qu'ils se sont recommandés de toi. Tu sais qui ils sont ?

— Puisque je te dis que je ne les connais même pas ! Décris-les-moi.

— Ce sont des miliciens, mon garçon. Des gens de sac et de corde, prêts à tout pour arriver à leurs fins. Mais la France ne sera pas toujours sous le joug allemand et, un jour ou l'autre, tous les collaborateurs auront à rendre des comptes. Surtout ceux qui ont du sang sur les mains !

À ces mots, Guillaume flancha car il ne savait pas trop ce qu'avait appris son père sur les épisodes qu'il venait de traverser. Il chercha à s'en assurer davantage en avançant par allusions. Heureusement, le colonel ne semblait pas au courant de grand-chose. Il quitta le domicile familial avec une boule au ventre.

– III –

À partir de ce moment-là, tout s'est enchaîné comme dans un engrenage fatal. Une dernière fois Guillaume souhaita revoir Paolini – sans Jacques, comme il le lui avait demandé – pour le supplier de ne pas s'en prendre à son père, mais le Corse se montra insensible. « Tout se paie dans la vie », répétait-il. Mon père lui proposa donc de l'argent, que l'autre refusa avec morgue. Il lui fit savoir qu'il avait bien davantage besoin de papiers d'identité vierges dont on lui avait dit qu'ils étaient entreposés dans le bureau du directeur du cabinet militaire du gouverneur.

Guillaume revint donc chez lui pour amadouer ses parents et réussit par ruse à trouver le code du coffre-fort de son père. Une nuit, il l'ouvrit et y trouva les précieuses cartes de circulation que l'on distribuait sous le manteau aux agents secrets qui pullulaient dans Alger et aux résistants, plus rares mais tout aussi discrets.

Ton grand-père était donc très soulagé lorsqu'il put remettre les fameux papiers à Lucien Paolini. Cela ne se passa pas à la terrasse d'un bar bien entendu, mais dans une voiture stationnée devant la Grande Poste. Il pensait en avoir terminé avec le milicien – qui d'ailleurs le remercia en lui disant : « Cette fois, on est quittes » – mais les événements allaient en décider autrement.

– IV –

La Milice française avait officiellement été créée le 30 janvier 1943, soit une semaine après l'anniversaire de Guillaume, mais son chef, Joseph Darnand, avait déjà constitué un embryon un an et demi plus tôt dans son département des Alpes-Maritimes. C'est dans cette organisation, le Service d'ordre légionnaire, que militait Lucien Paolini. Il habitait Nice après avoir quitté Bastia.

Rapidement, la Milice se tailla une réputation épouvantable, surtout en zone occupée où ses hommes servaient de supplétifs à la Gestapo. Ils n'étaient que 30 000 au plus mais la seule évocation de leur nom semait la terreur partout. Voilà pourquoi à Alger, où ils n'étaient pas encore très nombreux, les autorités essayèrent très vite de les traquer, pour les tuer dans l'œuf.

Un soir de mars, un peu par hasard, la police appréhenda sur la Corniche un individu qui se soulageait après avoir beaucoup bu et divagué sur la chaussée. Les policiers faillirent le relâcher tant il empestait l'alcool mais, alors qu'ils n'avaient même pas vérifié son identité, il se mit à les insulter et à brailler, ce qui n'arrangea pas son cas, « Heil Hitler ! ».

Lorsqu'il fut conduit au poste, le gradé de service décida d'aller à l'encontre de l'avis des factionnaires qui préféraient laisser l'individu cuver en cellule de dégrisement. Inoffensif, se disaient-ils, et incohérent. Il fit plutôt le choix de l'interroger sur-le-champ car il pensait que l'alcool pouvait libérer la parole du pochard. Or c'était la première fois qu'on entendait « Heil Hitler ! » à Alger et cela méritait bien une petite enquête...

Le commissaire adjoint avait du nez. Passé les premières minutes où il se fit copieusement insulter, il obtint de l'individu quelques réponses troublantes et notamment celle-ci :

— Vous ne pouvez rien contre moi ! J'ai les papiers qu'il faut !

Vérifications faites, lesdits papiers parurent bien neufs au policier qui menaça l'alcoolique d'un séjour, non pas en cellule, mais en prison. L'autre se fâcha et donna le nom de celui qui lui avait fourni les documents d'identité : un certain Lucien Paolini. Le gradé fit enfermer l'individu, rédigea un rapport pour le commissaire et partit se coucher.

Le lendemain matin, l'enquête était lancée.

– V –

Dès la fin de matinée, Lucien Paolini était interpellé puis sommé de s'expliquer sur l'origine de cette pièce d'identité trafiquée. Il commença tout d'abord à le prendre de haut, en arguant qu'il était un ami personnel du gouverneur général et du directeur du cabinet militaire mais, voyant que cela ne prenait pas, il se défaussa sur Guillaume.

Le fils du colonel fut donc convoqué – avec un peu plus d'égards que le milicien – et dut s'expliquer sur ce permis de circulation. Il savait que Paolini était toujours en train d'être interrogé sur ses activités et sur le fonctionnement de cette Milice française à Alger. Il voulut donc le ménager pour éviter qu'il n'aborde les trois règlements de comptes. Il prit sur lui le fait d'avoir aidé « cette connaissance » qui lui avait dit travailler pour la Résistance. En mentant ainsi, il savait que son geste apparaîtrait tout à la fois plus crédible et plus noble. Il paraissait logique que le fils d'un haut responsable proche de Giraud aidât plutôt un résistant qu'un milicien.

Il commit aussi un deuxième mensonge, par omission celui-là : il ne parla que de cette carte de circulation, et pas des autres papiers d'identité volés dans le coffre-fort de son père. Et il supplia le commissaire de n'en rien dire au colonel, qu'il connaissait fort bien.

Comme les explications de Guillaume semblaient cohérentes, qu'il avait mis hors de cause son père et qu'il n'avait pas cherché à nier sa propre implication, le commissaire le relâcha assez rapidement tout en lui disant qu'il gardait le procès-verbal de son interrogatoire.

— Pas de récidive, mon garçon. Sinon je confie tout ça au parquet et à votre père. Vu les circonstances, je m'abstiendrai de vous demander de le saluer de ma part...

En sortant du commissariat, Guillaume se sentit délivré d'un très grand poids et se crut tiré d'affaire.

– VI –

Peu de temps après, Guillaume fut relancé par la veuve de Thomas Bergougnioux. Il alla au rendez-vous dans une pâtisserie orientale et découvrit une jeune femme qui n'avait plus rien à voir avec la femme éplorée drapée de noir croisée un mois et demi plus tôt au cimetière. Elle s'était maquillée et semblait presque enjouée, en tout cas toujours aussi câline avec son ancien amant qui la sentait prête à reprendre leur histoire. Et lui-même, ma foi, était plutôt excité par la situation.

Elle se rapprocha de lui comme elle l'avait fait lors de leur première rencontre ; ce devait être chez elle une seconde nature. Elle aimait chuchoter, pour forcer l'autre à avancer, jusqu'à la frôler. Et là, elle prenait la main, le poignet, le bras, voire le genou, tactile et sensuelle. Bien évidemment, cela déclenchait chez ses interlocuteurs des réactions émues. Pour Guillaume, qui n'avait pas fait l'amour depuis deux mois, l'effet fut immédiat. Il lui demanda de le suivre chez son ami Jacques, qui n'était pas là cette première semaine de printemps.

Ils s'étreignirent, comme si rien ne s'était passé ces derniers mois... Décidément, il aimait assez sa perversité, au lit comme dans la vie.

Quand ils furent rassasiés, elle se redressa, cala son dos contre deux oreillers, releva le drap pour se couvrir les seins et se mit à raconter :

— Je ne l'ai jamais vraiment aimé. Je l'ai épousé parce qu'il était plutôt mignon et, disons-le, assez riche mais je n'ai jamais apprécié ses manières de parvenu et sa façon de m'exhiber comme une voiture de luxe. En fait, il n'était pas raffiné du tout et parfois même brutal. Avec moi comme dans son travail. Mais je le supportais, parce que dans notre milieu, tout se supporte, pourvu que les apparences soient sauves. Or, justement, il a été le premier à porter un coup de canif dans ce contrat tacite. Il a eu une aventure de quelques semaines avec ma meilleure amie. Qui bien sûr ne l'est pas restée. On a eu une scène, puis une autre quand il a recommencé avec une bonniche ou une serveuse de bistrot. C'était un cavaleur. Et pas des plus discrets...

— Donc, tu t'es vengée ?

— En couchant avec toi, oui. Pour te dire la vérité tu n'étais pas le premier mais c'est avec toi que j'ai préféré. Crois-moi si tu veux.

— En fait, je te demandais si tu t'étais vengée autrement...

— En le précipitant du haut de la falaise ? Ça ne va pas Guillaume !

— Ce n'est pas ce que je voulais dire.

— Eh bien, sois plus clair ! En revanche, je suis persuadée que quelqu'un l'a fait. Comme je te l'ai dit au cimetière il ne s'est pas suicidé, même si pour l'instant il n'y a aucune preuve. Il était juste nerveux les derniers temps, mais pas abattu. Il ne m'a laissé aucune lettre, ni à personne d'ailleurs. Il avait encore pris des rendez-vous le matin même pour le lendemain. Ce n'est pas le comportement d'un homme qui va se supprimer. Cela dit, ce qu'il est allé faire à Sidi-Ferruch, je ne sais pas. Une poule sans doute. Je l'ai dit à la police mais je trouve qu'ils ne se sont pas beaucoup démenés. J'aimerais savoir quand même qui sont les assassins, ou si il n'y en a qu'un, et pourquoi on l'a tué.

— Tu l'aimes encore ? osa Guillaume qui, lui, savait.

— Certainement pas. Et à supposer même que j'aie encore des sentiments pour lui après sa mort, j'en aurais été vite dissuadée quand je me suis mise à trier ses affaires. Il y avait là des petites culottes, des mots d'amour, avec ou sans fautes d'orthographe, et un bon paquet de lettres anonymes. Je ne sais pas s'ils s'y sont mis à plusieurs pour les écrire mais toutes parlaient du même sujet : une affaire trouble, et sans doute dégueulasse, dans laquelle il avait trempé. Entre les lignes, il semblerait qu'il s'agisse d'un viol et ça rejoint d'ailleurs ce qu'on t'avait dit. On t'a reparlé de ça ?

— Non, et j'ai pensé que c'était plutôt de la calomnie. Tu as montré ces lettres à la police ?

— Bien sûr que non ! Tu imagines le scandale ? La femme du violeur ou la veuve du pédophile, qu'est-ce que j'en sais... Bien évidemment, elle a fermé les yeux, dirait-on, mais elle devait bien deviner... Au secours ! Je suis débarrassée de lui, c'est déjà l'essentiel.

Guillaume savait désormais qu'il pouvait être tranquille de ce côté-là. Ils firent à nouveau l'amour sauvagement.

– VII –

Ce fut le dernier épisode un peu ensoleillé de la vie de mon père. Un mois après cette confession, et alors qu'il n'avait plus aucune nouvelle d'Amina, ni de Saïd, malgré ses messages à l'épicier et ses incursions dans le quartier, il reçut une nouvelle qui le remua profondément.

Amina venait d'accoucher. Guillaume était père désormais. Les menaces du frère aîné étaient restées lettre morte...

C'est Saïd qui le prévenait sans y mettre les formes :

« Amina a un petit garçon. Pour l'instant il n'a pas de nom parce qu'elle n'est pas très en forme. Elle tient des propos incohérents. Je ne sais même pas si elle est heureuse d'être mère.

Voilà. Il est né le 29 avril.

P.-S. : Ne cherche pas à la revoir. On a déménagé il y a un mois pour éviter la honte dans le quartier si on avait su qu'on abritait une fille-mère sous notre toit. La famille a préféré qu'elle puisse accoucher loin de nos bases. J'ai interdiction de te dire quoi que ce soit. Ils ne savent même pas qu'on est copains. Et si je te disais où elle est, il m'arriverait de grands malheurs. À elle aussi. Je suis sûr que tu l'aimes. Ne la mets pas en danger. Un jour peut-être on se reverra, et tu la reverras. Mais laisse faire le temps. C'est moi qui te dirai. »

– VIII –

Laisse faire le temps... Il était bien gentil Saïd, mais dans le cas présent, c'était tout à fait impossible.

Complètement chamboulé par la nouvelle, et ballotté entre des sentiments contradictoires mais puissants, la fierté d'être père, le bonheur d'imaginer Amina maman, l'inquiétude pour son état de santé, et même pour son équilibre mental, la rage de ne pas savoir où elle était, de ne pas pouvoir embrasser ce petit garçon qui était désormais le sien, Guillaume se précipita tête baissée vers la première solution qui lui vint à l'esprit, et qu'il avait déjà expérimentée six mois plus tôt : il alla demander secours à son père.

Par chance le commissaire avait tenu parole. Il n'avait pas informé son ami du forfait de son fils, un vol pourtant gravissime dont le colonel ne s'était visiblement pas rendu compte.

D'ailleurs son père le reçut tout sourires. Il était rassuré de le voir revenir au bercail, et dans des dispositions moins ombrageuses qu'au moment de son départ. Guillaume ne semblait plus en vouloir à la terre entière et ne parlait plus de vengeance à tout bout de champ. Le colonel l'écouta donc avec bienveillance.

Guillaume était venu lui demander de l'aider pour retrouver la nouvelle adresse d'Amina. Avec, ajouta-t-il narquois, un peu plus d'ardeur que la fois dernière...

— Et pourquoi donc ? demanda le colonel avec un sourire entendu. Qu'est-ce qui te laisse à penser que je n'ai pas fait le maximum ?

— Si c'est ça le maximum, répliqua son fils sans animosité, les criminels peuvent courir tranquilles. Tes services ont été bien mous...

— Tu voudrais donc que cette fois-ci on réussisse à localiser ton amoureuse ? Je te rappelle que la dernière fois, on avait déjà trouvé le quartier...

— Cette fois-ci, il faut vraiment savoir où elle habite. Il en va de sa vie, de la mienne, et de celle de quelqu'un d'autre.

Le colonel s'était redressé dans son fauteuil et avait retrouvé la mine grave du directeur de cabinet.

— De quoi parles-tu ? Tu es sérieux ?

— On ne peut plus sérieux. Mais avant que je te parle, papa, il faut que tu me jures de ne pas te mettre en colère.

— Ça dépend de ce que tu me diras.

— Alors je ne te dirai rien. Je suis venu te voir,

toi, parce que pour la première fois de ma vie, je voulais te confier un secret que je n'ai même pas partagé avec maman.

— Dis quand même, répondit le colonel, secrètement flatté par l'attention.

— Voilà : tu es grand-père.

— Pardon ?

— Tu as bien entendu. Je viens d'avoir un enfant.

— Mais avec qui ?

— Avec Amina. Et c'est pourquoi je souhaite la retrouver au plus vite.

Le colonel, de nature autoritaire et plutôt colérique, n'est cette fois pas sorti de ses gonds. Il a regardé son fils bien en face et s'est voulu solennel.

— Puisqu'il est trop tard pour te demander si tu veux ou non garder cet enfant, il faut aujourd'hui réparer ta faute. Tu dois le reconnaître. C'est une question d'honneur et je ne transigerai jamais avec l'honneur.

— C'est bien mon intention, papa. Et c'est la raison pour laquelle je sollicite ton aide. Je ne peux pas reconnaître ce garçon si...

— C'est un garçon ?

Le colonel avait trahi une pointe de fierté. Un garçon... La lignée allait pouvoir se reproduire. Pour un militaire de sa génération, cela avait son importance.

— Oui. Ça te fait plaisir ?

— Je n'ai pas dit ça. Laisse-moi digérer la nouvelle.

Ça ne se fait pas dans nos familles d'avoir un enfant hors mariage.

— Mais tu m'aideras ?

— Oui. Je vais mettre les RG sur le coup.

— Encore un mot, papa...

— Oui ?

— Cet enfant, ce n'est pas une faute. C'est une grâce.

– IX –

Pendant que le colonel accélérait les recherches avec l'aide des Renseignements généraux et de l'inévitable détective privé, l'enquête sur les agissements de Lucien Paolini se poursuivait et ne présageait rien de bon pour le milicien et sa bande. Les uns après les autres, les comparses furent interpellés et cuisinés par le commissaire qui avait décidé d'employer la manière forte. Il ne supportait plus la présence sur son territoire d'une organisation paramilitaire qui, certes, disposait de protections en zone occupée mais n'avait rien à faire à Alger où les Allemands n'étaient pas là pour la couvrir.

Comme il ne s'agissait que d'hommes de main de second niveau, ils n'avaient pas beaucoup de secrets à livrer. Quant au Corse, il savait gré à Guillaume d'avoir pris sur lui le vol des papiers d'identité dans le coffre de son père et, à ce stade de l'enquête, il ne livra aucune autre révélation qui eût pu atteindre directement le jeune homme. Il faut dire qu'il avait lui-même du sang sur les mains, deux morts et un blessé à son actif ; il n'avait pour le moment aucun intérêt à parler. Mais à tout moment, il pouvait être tenté de le faire pour se dédouaner ou s'acheter l'indulgence du gouverneur général et de son cabinet. Guillaume devait composer avec cette épée de Damoclès qui l'inquiétait.

L'étudiant – qui depuis bien longtemps avait déserté les bancs de la faculté de droit – ne pouvait bien sûr demander à son père l'état d'avancement de l'enquête mais il se renseignait tous les jours sur celle qui concernait Amina. Elle progressait, mais pas dans le sens qu'il aurait aimé.

On s'aperçut en effet assez vite que la jeune fille et sa famille n'étaient plus sur le territoire algérien. Ils avaient été aperçus dans le port d'Alger embarquant sur un ferry en direction de Marseille.

Les RG de la cité phocéenne prirent le relais et très rapidement « logèrent » Amina et les siens. Comme il fallait s'y attendre, c'est dans l'appartement du frère aîné qu'ils avaient trouvé refuge. Il y avait bien un bébé parmi eux mais c'est la grand-mère qui semblait s'en occuper, la jeune fille, elle, paraissant totalement absente.

Ces révélations bouleversèrent Guillaume, qui soupçonnait son amoureuse de glisser jour après jour vers la dépression ou, pire, la folie. Il était de plus en plus clair qu'il ne réussirait pas à la revoir. Elle était désormais de l'autre côté de la

Méditerranée et il y avait entre eux deux bien plus qu'une simple mer à franchir. Là-bas, elle devait être sous la protection jalouse du frère aîné qui était prêt à tout pour empêcher que les deux adolescents ne se revoient. Apparemment, Amina n'avait rien dit – elle en aurait été d'ailleurs bien incapable – et chacun dans sa famille, à l'exception de Saïd, était persuadé que l'enfant, né prématurément, était le fruit du viol.

C'est à ce moment-là que les événements se précipitèrent.

– X –

Paolini, que le commissaire avait fait mettre derrière les barreaux en attendant les résultats de ses investigations, car il se méfiait beaucoup de ces miliciens qu'il exécrait, finit par craquer au bout de trois semaines et demanda à voir le chef de poste.

Dans une ultime manœuvre pour essayer de se dédouaner, il chargea Guillaume, qu'il présenta comme son complice en espérant s'en sortir grâce aux protections haut placées dont bénéficierait forcément l'étudiant. Il commença tout d'abord à prétendre que le jeune homme avait, de sa propre initiative, volé beaucoup plus d'une pièce d'identité pour complaire à la Milice. Il y eut perquisition à l'endroit qu'avait indiqué Lucien Paolini et la police put donc vérifier que ses dires étaient exacts.

Guillaume fut cette fois interpellé chez lui, et non plus seulement convoqué, et le colonel sut très vite que deux policiers s'étaient présentés à son domicile pour arrêter son fils. Il se renseigna auprès du commissaire qui lui confirma l'étendue du larcin. Ce dernier lui demanda au passage s'il avait aidé son fils dans son entreprise. Le colonel se récria et son interlocuteur se contenta de lui répondre : « C'est bien ce que je pensais. »

Le directeur du cabinet du gouverneur ne demanda aucune faveur particulière pour son fils, ce n'était pas dans sa conception de la morale et de l'action publique, il le pria simplement d'avoir la courtoisie de le tenir au courant de l'avancée de l'enquête.

– XI –

Les dés étaient lancés. Guillaume fut confronté à Paolini et reconnut les faits. Ni l'un ni l'autre n'évoquèrent Amina et ses violeurs. Chacun se guettait du coin de l'œil ; le milicien était évidemment le plus retors mais dans la mesure où Guillaume avait pris toute sa responsabilité dans le vol des papiers – et où il avait bien sûr disculpé son père –, Lucien l'épargna. De toute façon, dans cette affaire, il était infiniment plus coupable que son commanditaire. Il aurait déjà fallu prouver que l'étudiant avait passé commande de ces meurtres…

D'une certaine manière, Guillaume se sentit soulagé quand on le conduisit au dépôt. La perspective d'être poursuivi pour un crime de droit-commun s'éloignait et il pouvait ainsi éviter des ennuis à son ami Jacques Marleau, qui s'était montré si dévoué. Il était en revanche très contrarié à l'idée de faire du tort à son père et du mal à sa mère qui l'avait toujours éduqué dans la droiture. Devant le commissaire il avait maintenu sa première version (il avait volé ces papiers pour la Résistance), ce qui n'avait pas du tout gêné Paolini. L'autre s'était même engouffré dans la brèche. Il affirma jouer double jeu et s'être infiltré dans la Milice pour mieux aider ses amis résistants en les informant de ce qui se tramait contre eux. Mais aucune preuve ne pouvait étayer ses aveux, ni rien ni personne.

En attendant le procès, Guillaume fut lui aussi jeté en prison et, du fond de sa cellule, il ne pensa qu'à Amina. Il voyait bien que les chances de la retrouver rapidement s'amenuisaient considérablement. Il s'inquiétait surtout de la dégradation de son état mental. Il n'imaginait pas à quel point ses craintes étaient fondées.

– XII –

Le 27 janvier 1944, en début d'après-midi, Amina laissa son bébé à la garde de sa mère, déjoua la surveillance de ses frères, et s'en alla vers la côte. À cette époque de l'année, la plage était déserte.

Elle avait emporté avec elle le livre de Rimbaud que lui avait offert Guillaume et dans lequel se trouvait son poème préféré, *Ophélie*. Elle se dévêtit presque entièrement, posa le livre sur ses vêtements et s'avança tranquillement dans l'eau en récitant le poème, puis en le chantonnant d'une voix blanche. Ses paroles se perdirent dans la Méditerranée. Elle ne savait pas nager.

On ne retrouva son corps qu'une semaine plus tard, à l'aplomb du cap Canaille à Cassis. La famille l'enterra au plus vite dans le cimetière de ce joli petit port qu'aucun d'entre eux ne connaissait auparavant. Elle avait voulu éviter tout scandale. Des amis auraient pu parler à Marseille, où vivait une importante communauté algéroise...

Sur sa tombe ne figurait que son prénom, pour brouiller les pistes, mais plus tard son frère Saïd fit apposer une plaque où furent gravés ces vers inspirés à Rimbaud par l'Ophélie d'*Hamlet* :

« *Sur l'onde calme et noire où dorment les étoiles*
La blanche Ophelia flotte comme un grand lys,
Flotte très lentement, couchée en ses longs voiles… »

Il fut le seul à se recueillir régulièrement sur la tombe de sa cadette. Son frère aîné, débarrassé de la souillure que représentait à ses yeux le péché de sa sœur, rentra à Alger et reprit un commerce florissant qui lui permit d'envoyer régulièrement des subsides pour ses parents restés à Marseille. Eux non plus ne voulaient pas affronter les questions et voir la honte s'abattre à nouveau sur leur famille : un viol, un enfant et maintenant un suicide… Ils expliquèrent autour d'eux qu'Amina était repartie avec son frère à Alger.

Seul Saïd savait que le bébé n'était pas le fruit d'un viol. Mais il n'avait pas la moindre idée de ce qu'il devait faire. Fallait-il ou non prévenir Guillaume de la mort d'Amina ? Devait-il ou non dire, au moins à sa mère, que l'enfant avait un père et qu'il fallait peut-être songer à le lui confier, pour peu qu'il soit d'accord ? Saïd hésita longuement. Et finit par choisir de parler à sa mère en lui faisant promettre de n'en rien dire à son mari. Elle lui tint un discours empreint de dignité :

— Mon fils, tu sais combien je me suis attaché à cet enfant que j'ai élevé comme si c'était le mien. La pauvre Amina avait perdu la raison et ne s'intéressait pas plus à lui qu'à elle. Et puis ce bébé est le dernier lien qui me relie à ma fille. Je suis heureuse de voir que tu penses encore à Amina, cela t'honore. Mais tu es le seul. Ton frère ne lui pardonnera jamais d'avoir introduit la honte dans notre famille et ton père ne m'en a plus jamais parlé, comme si elle n'avait jamais existé.

— Je sais tout cela, mère, mais faut-il que j'en parle à mon ami resté à Alger ? Après tout, c'est lui le père. J'en suis sûr, Amina me l'a dit avec ses doigts. Réjouis-toi, il a été conçu dans l'amour, pas dans la violence. C'est pour ça qu'il est si beau et si paisible malgré tout.

La maman essuya une larme et prit son cadet dans ses bras :

— Si tu me dis que ce garçon est bien et qu'il pourra offrir une existence décente et honorable à cet enfant qui pour l'instant n'a même pas d'existence légale, je veux bien que tu lui écrives. Et s'il veut s'occuper de son fils, je m'en remets à la volonté de Dieu. Inch'Allah !

– XIII –

En effet, l'enfant, qui avait désormais neuf mois, n'avait toujours pas été déclaré. Saïd se fit un devoir de prévenir son ami.

La nouvelle de la mort d'Amina plongea Guillaume dans un terrible désarroi. Il était dans l'attente de son procès ; on l'avait relâché parce qu'il offrait, de par la position de son père, toutes les garanties de représentation. Mais il se morfondait déjà car il se rendait compte qu'à 22 ans à peine il prenait un bien mauvais départ dans la vie. Et là, tout s'effondrait. La femme qu'il aimait, la seule à avoir jamais fait battre son cœur, après avoir souffert, après s'être évanouie dans la nature, venait de disparaître de la manière la plus tragique.

Il se jugea coupable sans raison. Il n'avait pas écouté les mises en garde de ses amis qui jugeaient périlleux d'aimer une femme d'une culture différente. Mais eux ne pensaient qu'à lui, et à ses problèmes de garçon de bonne famille. Pas un instant ils ne s'étaient mis à la place d'Amina la métisse, qui de surcroît avait dû affronter le poids des vieilles traditions en tombant amoureuse d'un fils de colon. Or c'est lui qui l'avait mise en danger, en l'aimant puis en lui faisant un fils hors des liens du mariage. Lui seul était donc responsable.

Il s'épancha auprès de son ami Jacques mais Marleau ne trouva pas les arguments qui auraient pu le déculpabiliser. Guillaume sombrait et la présence d'un ami ne pouvait suffire à lui redonner des raisons d'espérer.

De plus il vivait mal le regard que posait son père sur lui. Autant sa mère avait été aimante, indulgente, compréhensive sans poser de questions, autant le colonel faisait montre d'une lourde désapprobation. Ils avaient un peu parlé de l'affaire tous les deux mais Guillaume n'avait pu le convaincre. Il lui avait pourtant répété, presque convaincu par son mensonge, qu'il pensait avoir eu affaire à un agent de la Résistance, mais ce n'est pas ce qui importait aux yeux de son père. Pour lui, il y avait eu deux trahisons, d'abord à son égard, or un fils ne doit jamais mentir, puis envers l'État, et pour un militaire tel que lui, on ne transige pas avec l'honneur. On n'a pas le droit d'escroquer la République, répétait-il avec force alors qu'autour de lui, en ces temps troublés, tout le monde escroquait tout le monde.

Guillaume serait désormais un paria aux yeux de son père. Il s'était pourtant tout récemment réjoui d'avoir retissé des liens uniques avec lui en faisant du colonel le confident de sa paternité. Il ne savait pas s'il avait gardé le secret, il n'osait pas lui en reparler, mais il n'en doutait guère. Sa mère n'avait jamais laissé entendre qu'elle savait. Fallait-il aborder le sujet avec elle ? Il en eut une seconde la tentation mais il se reprit. Il y avait pour l'instant suffisamment d'obstacles à franchir, à commencer par le procès qui se rapprochait vertigineusement.

– XIV –

La nuit qui précéda l'audience, il dormit encore moins bien que d'habitude. Sa mère lui avait préparé une décoction de valériane qui ne fit aucun effet mais cet amour maternel, en dépit de tout, l'aida un peu à retrouver forme humaine.

Il n'empêche qu'il se défendit plutôt mal à la barre, son cerveau n'était que bouillie et il se montrait incapable d'aligner des arguments cohérents. La présence de Lucien Paolini dans le box ne l'aida pas à construire une argumentation plausible. Bien au contraire, la seule évocation du mot Milice dans l'enceinte du tribunal faisait l'effet d'un terrible repoussoir. C'est d'ailleurs autour des activités de l'organisation que se concentra l'essentiel des débats.

On sentait beaucoup d'hostilité dans les questions du président, puis dans le réquisitoire du procureur général. Son idée était, comme souvent dans cette fonction, d'humilier autant que d'argumenter. Sa religion était faite : les six accusés étaient coupables (quatre comparses de Paolini étaient eux aussi poursuivis). Mais ça ne lui suffisait pas. Il lui fallait aussi mélanger la morale au droit et traîner dans la fange ce pauvre Guillaume à qui l'on ne reprochait pourtant pas un abominable forfait. Le procureur appuya là où ça faisait mal, en stigmatisant les dérives de la jeunesse dorée. Sans doute n'aimait-il pas le directeur de cabinet du gouverneur. Dans ce petit milieu où chacun se connaît et où les ressentiments sont nombreux, il arrive que les haines ressurgissent sur la scène publique quand un animal de la meute est blessé.

Restait à attendre le verdict. La sentence ne fut pas mise en délibéré. En ces temps-là, la justice avait d'autres chats à fouetter. Il fallait faire vite. La cour se retira. L'attente parut interminable à Guillaume, qui contrairement à Paolini et à ses comparses, ne connaissait rien aux affaires judiciaires.

Lucien écopa de la plus forte peine : trois ans de prison, dont deux avec sursis. Les juges espéraient la fin de la guerre et un autre type de châtiment pour les collaborateurs. Ses quatre comparses furent condamnés à deux ans de détention, dont dix-huit mois avec sursis. Les charges qui pesaient sur eux étaient objectivement moins lourdes. L'un d'entre eux, un pauvre hère qui semblait très étranger à son affaire, était même sans doute plus innocent que coupable.

Le cas de Guillaume fut réglé à la toute fin du jugement. Le tribunal eut l'indulgence de le dissocier de celui des autres. Il considéra qu'il pouvait ne pas savoir que son geste servirait les intérêts de la Milice. Mais il estima que sa duperie vis-à-vis de son père était répréhensible. Le colonel, qui avait été appelé à témoigner à la barre, n'était pas venu pour ne pas davantage embarrasser son fils.

Guillaume fut condamné à un an de prison avec sursis. Son avocat poussa un ouf de satisfaction. Compte tenu des peines infligées aux cinq autres, il craignait le pire et se tourna vers son client pour lui souffler à l'oreille que le verdict était clément. Sursis voulait dire liberté, là était l'essentiel.

– XV –

Le parquet ne fit pas appel et, dès lors, Guillaume put considérer que l'histoire était derrière lui. Bien sûr, il resterait le ressentiment muet de son père, mais sa mère était là pour panser les cicatrices.

Jacques Marleau, lui, avait suivi de bout en bout le procès et félicita son ami pour son issue. Il s'était une fois de plus révélé indéfectible.

Mais restait une absence, béante. Celle d'Amina qui toutes les nuits venait hanter ses cauchemars.

C'est Jacques qui le poussa à se changer les idées en lui conseillant d'aller de l'autre côté de la Méditerranée se recueillir sur sa tombe et, si possible, parler à ses parents. Il lui proposa même de l'accompagner.

Ils embarquèrent sur le *Ville d'Alger*, le même paquebot qui, quelques mois auparavant, avait convoyé son amoureuse et sa famille. Guillaume avait le cœur serré quand ils arrivèrent à Marseille. Voilà plus de quatre ans qu'il n'avait pas revu le continent. Il n'y avait pas plus d'uniformes allemands qu'à Alger ou à Cherchell mais Guillaume respira aussitôt une contrainte, une oppression qu'il n'avait pas ressentie en Algérie. L'Occupation n'y était pour rien, c'étaient les mentalités qui n'avaient rien en commun. Les Marseillais avaient beau être plus démonstratifs que les Algérois, ils semblaient moins libres. C'est du moins ce que perçut Guillaume, rattrapé soudain par de grandes bouffées de nostalgie. Sa terre d'adoption lui manquait.

Il y avait aussi une grande part d'appréhension à l'idée de retrouver Amina ensevelie, puis ses parents. C'est là que la présence de Jacques lui fut précieuse.

Les deux jeunes gens avaient choisi d'aller à pied de Marseille à Cassis, distantes d'une vingtaine de kilomètres, en franchissant le col de la Gineste puis en longeant les calanques. Parvenus dans le petit port, assez fourbus et en sueur, ils se baignèrent dans une eau beaucoup plus froide qu'à Alger. Ce fut un moment de paix qui mit un peu de baume sur le cœur meurtri de Guillaume. Il chargea alors son ami d'aller faire un repérage dans le cimetière de Cassis parce qu'il avait peur de tâtonner et d'affronter la dure réalité au détour d'une allée.

Jacques s'acquitta de sa mission et put conduire directement son ami à la tombe d'Amina. Guillaume mit un genou en terre et enfouit la tête dans ses mains. Jacques, resté debout, détourna les yeux. Il ne voulait pas voir si son camarade pleurait.

– XVI –

Sur le chemin du retour, qu'ils firent à pied comme à l'aller, Guillaume récita les vers d'*Ophélie* gravés sur la tombe, en souvenir du moment béni où il avait offert le recueil de Rimbaud à Amina :

« Et le Poète dit aux rayons des étoiles
Tu vins chercher, la nuit, les fleurs que tu cueillis ;
Et qu'il a vu sur l'eau, couchée en ses longs voiles,
La blanche Ophélia flotter, comme un grand lys. »

Jacques se taisait. Il fallait que le passé resurgisse ainsi, en cascade, comme un flot de larmes et d'enchantements maléfiques.

À Marseille, c'est encore Marleau qui fit les premiers pas auprès de la famille de la jeune fille. Il prit contact avec Saïd, visiblement heureux de savoir son ami dans la ville. Quand il apprit qu'il avait été sur la tombe de sa sœur et qu'il avait apprécié les vers gravés à son initiative, il fit tout pour favoriser une rencontre avec sa mère.

Guillaume n'avait encore jamais parlé à Aïcha, même lors de l'instant furtif où il avait revu sa fille dissimulée derrière un moucharabieh. Il l'imaginait effacée, entièrement soumise aux volontés de son mari mais il découvrit une femme de caractère, qui ne souhaitait que le bonheur de ses enfants.

Elle répéta ce qu'elle avait déjà dit à Saïd, qui assistait à leur échange dans un square de la ville, loin du père dont on craignait l'irascibilité :

— Quand mon aîné vivait avec nous, c'était dur de le raisonner car il avait pris la place de chef de famille. Mais maintenant qu'il est parti, c'est plus facile. On a bien vu où nous a conduits la réclusion qu'il avait imposée à Amina. Et moi la première, je me sens coupable de son suicide.

— Mais non, madame, coupa Guillaume qui poursuivit : Si je reconnais cet enfant, accepteriez-vous de me le confier ? Je suis fier d'avoir aimé votre fille et, à travers ce bébé, c'est elle qui continuera à vivre dans mon cœur. Il aura tout ce qu'il faudra, j'en ai déjà parlé à mon père et j'attendais votre accord pour faire de même avec ma mère.

— Mais où vivra-t-il ? Pourrai-je continuer à le voir ?

— Bien sûr. Dans un premier temps, je retournerai à Alger avec lui, ma mère s'en occupera et je finirai mes études. Si vous voulez, je vous aiderai à vous réinstaller là-bas, à condition que vous n'ayez pas peur des réactions de votre fils aîné. Plus tard peut-être, je reviendrai en métropole ; l'Algérie, que j'ai passionnément aimée, me rappelle désormais trop de mauvais souvenirs.

Aïcha fut émue par la franchise de Guillaume et par son amour sincère pour Amina, au-delà de la mort. Avant de le laisser, afin de parler de tout cela à son mari, elle lui posa une toute dernière question :

— Vous savez que pour l'instant le petit n'a pas de nom. On l'appelle simplement bébé dans la famille. Quel prénom allez-vous lui donner ?

— Jean-Baptiste.

– XVII –

À cet instant, Jean-Baptiste, les yeux humides, interrompit son récit. Charles avait deviné depuis longtemps qu'il était le fils d'Amina mais il aima cette chute, comme on le dit de la fin d'un roman.

Il n'était pas loin de quatre heures du matin et les dernières bûches avaient fini de se consumer dans la cheminée de l'auberge de Saint-Chély. La confession de son père avait bouleversé Charles qui l'avait écoutée bouche bée. Cette fois-ci, c'est lui qui eut envie de se lever pour serrer Jean-Baptiste contre lui mais il se retint.

D'autant que le récit n'était pas terminé. Le comédien se promit de le reprendre le lendemain sur le chemin de Compostelle.

– XVIII –

Le père d'Amina avait donné son accord. Presque soulagé de ne plus avoir à héberger l'enfant de la honte, il le confia à Guillaume, sans trop chercher à savoir s'il était vraiment de lui.

L'étudiant reprit le bateau avec Jacques et le bébé. Un étrange équipage qui fut accueilli avec chaleur par la mère de Guillaume. N'ayant eu qu'un enfant, elle éprouva une joie profonde à en élever un second, vingt-deux ans plus tard. Son mari sut mettre entre parenthèses sa réprobation, et s'il ne pardonna pas à son fils le vol des documents dans son bureau, il ne fit jamais rejaillir son humeur sur le bébé. Il s'en occupa d'ailleurs davantage qu'il ne l'avait fait pour Guillaume.

Ces moments de bonheur partagé furent hélas de courte durée.

Après le débarquement de Provence, en août 1944, l'Afrique du Nord tout entière bascula dans le camp des Alliés. Parallèlement, les partisans du général de Gaulle prirent le pas sur ceux du général Giraud et le père de Guillaume fut écarté de ses fonctions. Giraud avait pourtant été qualifié de traître par Vichy, et déchu par le maréchal Pétain. Mais la perspective de la fin de la guerre avait attisé les rivalités dans le camp des futurs vainqueurs. Déjà, fin mai 1943, les premières négociations Giraud-de Gaulle à Alger avaient tourné court. Un an plus tard, le général de Gaulle avait mis fin aux fonctions de commandant en chef de son aîné et l'avait fait placer en résidence surveillée à Mazagran, près de Mostaganem. Le 28 août 1944, Giraud y fut victime d'une tentative d'assassinat. Et le père de Guillaume dut quitter son poste, désormais intenable.

Comme souvent en pareil cas, les épurateurs montrèrent très vite leur vrai visage. La chasse aux sorcières toucha tous les niveaux de l'administration et de l'armée. Sans qu'on sut exactement d'où venait le coup, le colonel fut un jour convoqué par son remplaçant pour s'entendre dire, confidentiellement, que le dossier judiciaire de son fils allait être rouvert. On lui reprochait « une intelligence avec l'ennemi » puisqu'il avait été avéré que Guillaume avait aidé la Milice française à se procurer des documents volés. Son interlocuteur conseilla même au colonel et à son fils de quitter le territoire au plus vite. L'ancien directeur de cabinet s'y refusa avec la dernière énergie. Tel n'était pas son sens de l'honneur.

Finalement, il ne fut pas inquiété. On lui fit crédit de sa bonne foi : il n'avait pas été complice dans l'affaire des papiers volés. Mais la foudre des épurateurs s'abattit sur Guillaume.

Sans qu'il y eut procès, il lui fut signifié qu'il était coupable du crime d'indignité nationale. La peine était infamante : la dégradation nationale. Dans le cas du jeune homme, c'était absurde et profondément injuste. Et la conséquence fut terrible.

– XIX –

La condamnation à la dégradation nationale signifiait qu'à tout moment il pouvait être arrêté. Contrairement à son père – qui, lui, ne risquait rien de majeur –, Guillaume choisit alors de fuir, sur les conseils de Jacques, très inquiet pour le sort de son ami. Mais cette fois-ci, il ne put l'accompagner sur le *Ville d'Alger*. Il le conduisit toutefois au port, en urgence car le paquebot appareillait à huit heures du soir. Sur place, il fallut passer les contrôles de police qui heureusement s'étaient un peu assouplis après le débarquement de Provence. Tous deux étaient aux aguets, surtout Guillaume qui se sentait traqué.

Parvenu sans encombre sur le bateau, il s'enferma dans sa cabine, paniqué à l'idée qu'on puisse l'arrêter à son débarquement à Marseille. Il ne savait pas combien de temps il fallait pour que la condamnation vaille exécution. Il sortit alors un cahier à spirale de sa valise et commença à rédiger un long texte intitulé : « S'il m'arrive quelque chose », avec pour sous-titre : « À l'intention de mon fils Jean-Baptiste ».

Le père de Charles s'arrêta un moment dans son récit pour lui expliquer que grâce à ce cahier – qu'il lui donnerait un jour –, il avait pu reconstituer les différentes péripéties de la vie mouvementée de Guillaume. Il n'avait jamais pu en parler avec lui pour la raison qu'il allait maintenant lui raconter.

Douloureusement.

– XX –

Contrairement à ce que Guillaume redoutait, il n'y eut pas de problème à l'arrivée à Marseille. Mais la moindre vision d'un uniforme, policier, militaire ou même douanier lui donnait des sueurs froides. Dès qu'il se retrouva en sécurité, il ouvrit sa valise, y rangea son carnet et en sortit le pistolet qu'il avait dérobé dans le bureau de son père. Vu l'estime dans laquelle le colonel le tenait, il n'en était pas à un larcin de plus.

Il se sentit rassuré en calant l'arme dans sa ceinture. Il s'était juré de l'utiliser si on cherchait à l'arrêter, préférant mourir que de finir ses jours dans le déshonneur.

Il ne savait absolument pas quoi faire. Dans sa cabine, il avait conçu le vague projet de fuir en Italie mais il savait bien que cela ne servirait à rien. Il ne pourrait bénéficier là-bas d'aucune protection. Après la chute de Mussolini, le pays avait rejoint les Alliés et se trouvait en plein chaos. Guillaume pourrait-il en profiter ? Et pour aller où ?

Il avait laissé derrière lui ses êtres les plus chers, ses parents, son ami et surtout son fils, qu'il avait appris à aimer follement pendant leurs très courts mois de bonheur partagé à Alger. Et comme ce tout petit était désormais le seul lien qui le reliait à Amina, il décida, sur la route de l'exil italien, de se rendre une nouvelle fois sur sa tombe à Cassis.

L'âme pleine d'idées noires, il n'avait pas pensé à s'arrêter chez Saïd, il ne songeait plus qu'à en finir. À rien d'autre.

Il erra un peu dans les ruelles du village en espérant qu'un regard, un hasard, un miracle le fasse revenir à de meilleures intentions, mais rien ne vint. Il se rendit donc au cimetière, baisa éperdument la tombe d'Amina et là, agenouillé et perdu, il se tira une balle dans le cœur.

Il mourut sur le coup. Il allait avoir 24 ans.

Quatrième partie

LA REVANCHE DU FILS

– I –

La dernière étape de leur week-end sur le chemin de Compostelle s'achevait. Voilà déjà une demi-heure que la confession de Jean-Baptiste s'était interrompue sans que son fils n'ose ajouter quoi que ce soit, de peur de rompre l'harmonie et l'émotion qui s'étaient installées entre eux. Ils se tenaient simplement la main parce que la pente qui dévalait vers Conques était escarpée, et surtout parce qu'ils n'avaient plus envie de se lâcher.

Dans le train qui les reconduisait à Paris, ce soir-là, Charles se risqua à poser quelques questions sur ce qu'avait été l'enfance de son père après avoir perdu sa mère puis son père en à peine trois mois. Aux dires de Jean-Baptiste, elle avait quand même été heureuse. À la maternelle, puis à l'école primaire, sa grand-mère Gabrielle s'était fait passer pour sa mère et il ne sut que tardivement qu'il était doublement orphelin. À chacune de ses interrogations, Gabrielle, que tout le monde appelait Yella, répondait par cette phrase sibylline : « C'est compliqué », avant d'ajouter : « Je t'expliquerai plus tard. »

Elle tint parole. Le jour où Jean-Baptiste eut son BEPC, avec un an d'avance, elle lui remit le fameux carnet à spirale rédigé sur le *Ville d'Alger*. À cet âge, se disait-elle, il serait en mesure de comprendre. Jusqu'alors son petit-fils n'avait pas paru perturbé par la situation. Il avait une mère, Yella, très coquette pour son âge (comme plus tard celle de Charles...) et un père, Numa, bien moins jeune que ceux de ses petits camarades, mais très respecté de tous. Il avait fini général avant de partir à la retraite. Bref, rien qui ne pût gêner Jean-Baptiste en classe ou avec ses amis.

Mais la lecture du carnet de son père le bouleversa. Il se sentit très proche de lui, comme d'un frère de souffrance. En relisant sa confession à tête reposée, moins enfiévré que la première fois, il frémissait à chaque rebondissement. Il aurait voulu être là pour défendre son père, pour clamer à la face du monde que c'était un idéaliste, un homme bien... Hélas, il était contraint de se taire, parce que le temps avait fait son œuvre et que, au fil des ans, on avait oublié que Guillaume était mort frappé d'indignité nationale. Il ne fallait pas remuer la boue, se disait-il, et le général pensait de même. En parler maintenant, c'était faire remonter la lie à la surface. Ce qui lui restait désormais pour restaurer l'honneur de son père, c'était d'avoir lui-même un destin glorieux et de faire claquer son drapeau.

– II –

Jean-Baptiste passa vite sur ses années de gloire. De gloriole, disait-il. Il avait voulu devenir écrivain, il avait fini comédien. À l'âge de Charles, lui aussi était entré à Sciences-Po, qu'il avait panaché de Langues O, pour passer le concours d'Orient du Quai d'Orsay. Il avait appris quelques langues improbables, et parfaitement inutiles puisqu'il avait tout oublié. Son ambition était de devenir ambassadeur, ou quelque chose comme ça. Il vivait avec l'idée, aujourd'hui bien dépassée, que les diplomates, alanguis dans quelque ambassade lointaine, n'avaient pas grand-chose à faire, si ce n'est écrire des chefs-d'œuvre impérissables. Il avait en tête l'exemple des Chateaubriand, Stendhal, Saint-John Perse, Giraudoux, Claudel, Morand, Gary et autres...

Ses rêves de gloire ne se limitaient pas à cela. Parallèlement à ses études, suivies avec désinvolture, il s'inscrivit à un cours de théâtre et, avec trois de ses camarades rencontrés à Sciences-Po, il créa même une petite troupe, pompeusement intitulée la Compagnie du Taureau, du nom de son signe astrologique. Il se lança fougueusement dans l'aventure théâtrale, jusqu'à en abandonner ses études et se dérober à l'examen de fin de deuxième année.

Il avait désormais trouvé sa voie, et s'y jeta à corps perdu. Pour lui, monter sur scène, c'était prendre le monde entier à témoin, lui dire sa rage, ses failles, ses émotions. Et plus il prenait goût au jeu, plus il avait envie de se délivrer du secret de sa naissance. Le carnet à spirale de son père, il l'avait toujours avec lui, ou plus tard dans sa loge quand il eut droit au succès. Il lui arrivait d'en relire quelques passages avant une scène délicate, pour se donner du courage.

Son premier rôle important, une fois engagé à la Comédie-Française, fut *Cyrano de Bergerac*. Quand il soufflait ses répliques à Christian de Neuvilette, il avait l'impression que c'est Guillaume qui les lui inspirait. Personne ne le sut jamais, car il n'osa jamais parler de ses parents, mais sa force et sa singularité venaient de ce destin hors norme. Et, sans le savoir, les femmes l'aimèrent pour cela. Il y eut bien des Roxane pour se pâmer en le regardant jouer, puis se morfondre en l'attendant en vain…

Tout cela dura longtemps, très longtemps même puisqu'il rafla toutes les récompenses, Molières, César et même une nomination aux Oscars… Et puis il y eut cet accident de voiture avec la vedette de cinéma que tout le monde adorait. Les séquelles, les accusations, l'isolement, le choix de ne plus remonter sur scène, si ce n'est pour des spectacles intimistes, avec un pianiste ou une violoncelliste, dans de petites salles. Jean-Baptiste parla très vite de la manière dont cela se termina, il n'en avait pas gardé un beau souvenir. C'est derrière moi, disait-il avec la mine de celui qui n'a rien oublié... Pardonner, c'est plus facile. Aujourd'hui, il se sentait serein, très heureux dans ses nouvelles activités, loin de la lumière crue des projecteurs et du regard public.

Mais, passé cette courte parenthèse où il se raconta très pudiquement, comme si sa vie avait été un grain de sable au regard de celle de son père, une petite flamme s'était allumée dans son œil. Il avoua à son fils que c'était la première fois qu'il se livrait ainsi :

— Même aux femmes aimées, même à ta mère, je n'ai rien dit. Non pas que j'en avais honte, bien au contraire, ce fut un destin merveilleusement romanesque, mais je ne voulais pas que tout cela soit offert à la curiosité publique. Elle peut être malsaine. Dans toutes mes interviews au début de ma carrière, j'ai dit – ce qui était vrai – que j'étais orphelin de père et de mère et que je n'avais connu ni l'un ni l'autre. J'ai juste ajouté que j'avais été élevé par mes grands-parents et puis je suis passé à autre chose. Je n'en ai plus jamais reparlé et j'ai dissuadé tous les biographes qui voulaient me consacrer un livre. Ils auraient traité l'histoire de Guillaume à leur sauce et ça ne m'aurait pas plu. Un moment j'ai songé à en faire un roman et puis j'ai abandonné. Par paresse peut-être. Ils étaient loin, mes rêves de jeunesse quand je brûlais d'imiter Romain Gary ou Joseph Kessel... De t'avoir tout dit pendant ces trois jours m'a incroyablement allégé. Je suis tellement heureux d'avoir partagé cette histoire avec quelqu'un ! Et pas n'importe qui...

Jean-Baptiste rayonnait en effet. Il regarda son fils dans le blanc des yeux et ajouta :

— Puisque je n'ai pas su ou pu défendre la mémoire de mes parents, je vais te demander de le faire pour moi. Et de les venger.

– III –

Jean-Baptiste avait un plan. Et désormais un projet qui l'excitait à nouveau. Puisque Charles voulait devenir président de la République, il ferait tout pour l'y aider.

Il revit souvent son fils. De plus en plus. Ils allaient à la Comédie-Française, au Vieux Colombier, sur les Grands Boulevards, au Casino de Paris, rue de la Gaîté. Ils étaient devenus inséparables. Charles évoquait peu sa vie sentimentale et cela ne dérangeait pas son père qui aurait eu horreur de le conseiller sur le sujet. En revanche, ils parlaient beaucoup politique. Le fils en était passionné, le père très connaisseur. Il avait encore un très beau carnet d'adresses. Les politiques le considéraient toujours avec respect, même s'il ne leur servait plus comme avant, quand il s'exprimait avec talent sur tous les sujets. Son nom ouvrait encore bien des portes et il était invité un peu partout. Au fil des mois, il avait décliné de plus en plus de propositions mais, à la faveur du rapprochement avec son fils, il s'était trouvé un nouveau comparse qui l'aidait à goûter davantage ces soirées ou ces dîners.

Peut-être en partie grâce à ce compagnonnage et à cette émulation intellectuelle, Charles réussit brillamment ses études à Sciences-Po. Il put se présenter à l'ENA dans les meilleures dispositions et, bien qu'un peu dilettante, il n'eut pas grand mal à y entrer. Il s'y trouva d'excellents camarades, pas très nombreux mais assez originaux et, pour l'un d'entre eux, très travailleur et organisé. Le clan carburait à l'ambition. D'autres dans sa promotion pensaient déjà à la vie facile et au pantouflage dans le privé. La petite bande, elle, ne pouvait imaginer que la fonction publique et, sans trop le dire, la politique. Ils étaient d'ailleurs deux à avoir adhéré à des partis. Charles de son côté laissait venir les choses en observant de loin les revirements de l'actualité électorale.

En cela, il se rapprochait de plus en plus de son père devenu son mentor. Ensemble ils commencèrent à concevoir la feuille de route qui devait un jour installer Charles à l'Élysée.

– IV –

La première étape passa par une inscription au concours d'entrée de l'École normale supérieure. Georges Pompidou était passé par là : son successeur, Valéry Giscard d'Estaing, avait cumulé Polytechnique et l'ENA. Charles s'était donc dit qu'un beau *curriculum vitae* pouvait plus facilement lui ouvrir les portes du pouvoir.

Il prit goût aux études littéraires. À tel point qu'il pensa un moment abandonner son plan de départ. À ses yeux, il y avait quand même plus de noblesse à réfléchir qu'à agir, à baigner dans le monde des lettres plutôt que dans le marigot politique. Mais son père, qui pourtant avait lui aussi envisagé de devenir écrivain, le rattrapa par le col et utilisa tous les arguments pour le dissuader de dévier de son choix initial. À croire que Jean-Baptiste s'était fixé pour mission de faire de la politique par procuration. Ce que son propre père n'avait pas réussi à embrasser – et ce qui avait fini par l'étouffer –, il l'offrait désormais à son fils.

Tout comme à l'ENA, il y avait bien plus sérieux que lui rue d'Ulm. Des bûcheurs, des érudits, qui passaient plus de temps en bibliothèque qu'au cinéma, et qui, à vrai dire, n'enthousiasmaient pas Charles. Il se savait largement distancé par eux, il n'essayait même pas de rivaliser, et ne les trouvait pas très passionnants à fréquenter. Il fut toutefois reçu à l'examen de sortie de Normale sup, dans le ventre mou des moyennement travailleurs ou moyennement doués.

À l'ENA, il fit un peu mieux et se retrouva dans ce qu'on appelait à l'époque « la botte », ce qui lui permit, avec sa 9ᵉ place au concours de sortie, de pouvoir choisir entre l'Inspection des finances, la Cour des comptes et le Conseil d'État. Il opta pour ce dernier, qui lui permettrait plus rapidement d'intégrer un cabinet ministériel.

Eugène de Rastignac était en marche vers le pouvoir.

– V –

S'étant inscrit dans un cercle de réflexion (on appelait cela pompeusement un think tank) aux idées assez libérales en matière économique mais aussi généreuses dans le domaine social, il fut sollicité par plusieurs de ses amis pour entrer dans des cabinets ministériels. À l'époque, la majorité était de centre droit et ne faisait pas spécialement vibrer le jeune diplômé. Pour la première fois de sa vie – et ce ne serait pas la dernière –, il fit le choix de l'opportunisme. Il n'alla pas chez le ministre qui lui paraissait le plus sympathique ou le plus ancré à ses convictions, mais vers celui qui semblait promis au plus grand avenir.

Victor Exbrayat avait du charme et un réel pouvoir de séduction, mais ses convictions politiques étaient déjà bien fluctuantes pour son jeune âge. Arrivé sur la scène publique à la vitesse d'un TGV, il ne s'était pas embarrassé de principes superflus. Il se disait même qu'il était devenu maire de sa commune, en banlieue parisienne, après avoir juré au titulaire du poste qu'il ne se présenterait pas contre lui. Le malheureux, qui n'était pas lui non plus un prix de vertu, avait eu la naïveté, ou la faiblesse, de croire ses promesses alors qu'il était cloué sur un lit d'hôpital. Le temps qu'il en sortît, son sort était scellé et notre homme put s'installer dans son fauteuil à l'issue d'un conseil municipal assez agité.

Le personnage, déjà controversé mais éminemment charismatique, de lointaine origine étrangère – « de sang mêlé », disait-il –, n'avait pas été le plus doué de sa fratrie, ni le plus charismatique ; on sentait toutefois qu'il y avait en lui une soif inextinguible de reconnaissance, et peut-être de revanche sur la vie. On ne pouvait s'empêcher de le trouver attachant, surtout en privé où il se confiait sans rougir sur ses failles. Il pratiquait, disait-on, l'impudeur communicative. Ses vulgarités, une forme d'impolitesse manifeste, faisaient de lui une personnalité « cash », pour reprendre l'expression d'un certain nombre de journalistes fascinés par le personnage. La fascination pouvait très vite se muer en répulsion mais la presse aimait cela : il y avait toujours du mouvement avec lui. Ses gesticulations comme ses foucades faisaient vendre du papier et attiraient les téléspectateurs.

C'est cet homme que Charles choisit de servir. Pour le meilleur et pour le pire.

– VI –

Engagé assez facilement au cabinet d'Exbrayat sur la recommandation d'un de ses amis de Sciences-Po, Charles ne mit pas longtemps à creuser son trou dans le petit monde qui gravitait autour de cette nouvelle étoile de la politique. Victor Exbrayat n'était pour l'heure que secrétaire d'État au Budget et porte-parole du Gouvernement mais on sentait qu'il irait plus loin. « À condition que les petits cochons ne le mangent pas », avait coutume de dire Jean-Baptiste qui ajoutait aussitôt : « À condition aussi qu'il ne se fasse pas trop d'ennemis car son pire adversaire, c'est lui-même et son culot se retournera contre lui. »

Cela ne manqua pas. Exbrayat ne put s'empêcher de dire en privé tout le mal qu'il pensait du Premier ministre. Au premier remaniement venu, le chef du Gouvernement exigea le départ de l'insolent ministre. « C'est lui ou moi », dit-il à l'Élysée. C'était tout vu : le Premier ministre pesait politiquement davantage qu'Exbrayat.

C'est alors que Charles, sur les conseils de son père, prit une décision qui lui serait plus tard profitable : contrairement à la plupart des membres du cabinet qui s'envolèrent, telle une volée de moineaux, vers des cieux plus cléments ou plus rémunérateurs, il choisit de rester auprès du ministre déchu.

Victor Exbrayat fut tout d'abord surpris par l'attitude de Charles. Il connaissait les lois du milieu et il avait lui-même suffisamment trahi pour ne point s'étonner d'être à son tour abandonné. Il essaya de dissuader le jeune homme :

— À votre âge, 26 ans c'est ça ?, j'aurais fait comme vos camarades. Je serais parti parce que la politique, c'est d'abord l'action. Elle ne supporte pas le vide et les cimetières de la vie publique sont remplis d'êtres humains qui se croyaient irremplaçables.

— Mais vous n'êtes pas mort, monsieur le Ministre, ce n'est qu'un accident de carrière. Vous vous êtes juste foulé la cheville. À votre âge, ça se guérit vite. Et qui nous dit que le Premier ministre est immortel ?

Exbrayat apprécia la comparaison. Il courait tous les matins et il n'était pas rare qu'il apparût en sueur et en tenue de jogging à la réunion de cabinet qui se tenait autour d'un café et de croissants.

— Bien sûr, bien sûr. C'est très gentil à vous, mon petit Charles, de vous préoccuper de ma santé et de celle de notre bon Premier ministre. Mais la politique, vous voyez, c'est un peu comme la roulette : on ne sait jamais où et à quel moment la bille va s'arrêter dans le cylindre. Parfois, c'est carrément de la roulette russe. Vous n'avez qu'une balle et six coups possibles. Il ne faut pas se tromper.

Il accompagna sa métaphore d'un sourire appuyé, presque sardonique, et d'un clin d'œil qui simulait la complicité. Mais Charles n'était pas dans la connivence, juste dans la courtisanerie :

— Il se trouve que je crois en vous. Ce n'est pas plus compliqué que ça.

Exbrayat fut touché, bien sûr, mais ne le montra pas. Était-il dupe ? Pas si sûr. Il avait souvent eu lui-même recours à ce type de flatteries qui ragaillardissent un homme. La vanité reste un puissant carburant en politique.

— Merci mon ami. Je sais que la route est longue. Mais, pour l'instant, elle est un peu encombrée et mal pavée. Si vous restez à mes côtés, sachez d'ores et déjà que je ne suis pas sûr de pouvoir vous rémunérer correctement. Il faudra d'abord que j'en parle à certains de mes amis qui disent vouloir miser sur moi. J'espère que vos exigences financières ne leur feront pas peur. En attendant, je vous conseille de trouver un petit job à côté. Il n'y aura pas tous les jours du travail à temps plein pour vous.

Charles acquiesça, sans formuler d'exigences particulières. Et c'est ainsi qu'en un quart d'heure il se rendit indispensable à son futur maître. Il connaissait l'âme parfois sombre de son Don Giovanni mais il savait aussi ce que le valet, Leporello, en avait tiré.

– VII –

La traversée du désert d'Exbrayat dura 159 jours. Charles les compta un par un, Victor aussi peut-être, mais sans jamais en parler.

Grâce aux relations de l'ancien secrétaire d'État, le jeune homme fut embauché pour un travail alimentaire destiné à préparer de futurs renvois d'ascenseur : il rédigeait les discours du P-DG d'un groupe très important de distribution d'eau. Autant dire que son emploi n'était guère chronophage. Quand on distribue de l'eau, qu'on recycle les eaux usées, ce qui était aussi la vocation moins reluisante de l'entreprise, on ne se prend pas tous les jours pour Victor Hugo…

Cela permettait à Charles d'avoir tout le loisir d'échanger quotidiennement, matin et soir, avec sa nouvelle âme damnée. Très remonté par sa mise à l'écart du gouvernement, Exbrayat avait besoin d'exister par tous les moyens. Il se trouve que Charles lui-même, conseillé en permanence par son père, fourmillait d'idées et, si toutes n'étaient pas à retenir, elles firent de lui un compagnon d'exil de premier ordre. Grâce à ses lectures et ses études à l'École normale supérieure, il possédait une plume qui enchantait son nouveau patron au Consortium de l'Eau, et davantage encore l'ancien ministre qui avait besoin de discours ciselés pour imprimer sa marque de fabrique et se rappeler à l'attention des médias.

Exbrayat ne s'économisait pas. Plus d'une fois, il s'attira le respect et l'admiration de Charles qui ne comprenait pas comment on pouvait dépenser autant d'énergie pour s'adresser à des assistances maigrelettes ou assoupies de petites dizaines de personnes. Quand il s'agissait de militants convaincus, cela allait encore car il y avait une forme de fièvre inutile mais communicative. Mais quand il fallait essayer d'enrôler des sceptiques qui attendraient la première occasion pour lâcher le semeur d'illusions, Exbrayat était encore plus remarquable. Il aurait séduit un lampadaire. L'œil fixé dans celui de son interlocuteur, la main agrippée à son bras jusqu'à lui en laisser des bleus, il captivait, il embobinait, engrangeant d'improbables soutiens pour des combats à venir tout aussi improbables. Et puis le soir, rentré à son QG désormais désert, avec une simple secrétaire et un seul autre collaborateur, chargé des sujets relatifs à son implantation locale, il se laissait basculer dans son fauteuil

Chesterfield en se servant un whisky et soupirait parfois :

— Un métier de chien, la politique, mon petit Charles. Ça ne suffit pas de croire en soi, il faut croire en la nullité des autres, il faut espérer leur chute et, en attendant, aller chercher toutes les voix avec les dents.

— Il n'y a jamais un moment où vous avez envie de renoncer ?

— Jamais. Et si ça devait arriver, si même c'était déjà arrivé, je ne le dirais à personne. Pas plus à toi qu'à quiconque.

Ils en étaient arrivés à se tutoyer, à force d'intimité, et cette complicité, mûrie loin des feux de la rampe, porta un jour ses fruits.

– VIII –

Ce qui avait été espéré arriva un beau jour. Le Premier ministre trébucha à son tour sur une affaire au départ sans importance. Exbrayat qui, en apparence, aux yeux de Charles en tout cas, n'était pas l'initiateur de la manœuvre, ne fit évidemment rien pour sauver le futur naufragé. Il se répandit en déclarations hypocrites qui enfonçaient le chef du Gouvernement plus qu'elles ne le soutenaient.

Nous étions entrés dans une époque où le premier qui dégaine a toujours raison. Le diffamé court en permanence derrière la première flèche, sans jamais parvenir à en dévier la trajectoire. Il lui reste à attendre que le temps fasse son œuvre, ce qui finit par advenir tant les médias sont versatiles et se trouvent vite de nouvelles proies. Tout cela n'est souvent, en effet, qu'un sport comme un autre, une forme moderne de ball-trap. Quand la balle atteint le pigeon d'argile qui explose en vol, les journalistes passent à autre chose, non pas qu'un chef de meute ait sifflé la fin de la récréation mais simplement parce que les carnassiers ont besoin de renouveler la gibecière. Ainsi vont les modes, celles des chouchous et des têtes de turc.

Le Premier ministre finit donc par tomber et fut remplacé à Matignon par un ami d'Exbrayat qui trois jours plus tard, fit son entrée Place Beauvau.

Il y était donc parvenu, le jeune ambitieux qui voilà deux ans n'était que député, puis secrétaire d'État au Budget un an plus tard, puis rien du tout. Il devenait ministre, et pas à n'importe quel poste. L'Intérieur, c'était le rêve de tous les hommes politiques. Les meilleurs d'entre eux étaient passés par là et certains, comme François Mitterrand ou Jacques Chirac, avaient fini juste en face, à l'Élysée.

Comme il fallait s'y attendre, les petits rémoras frétillèrent en nombre autour du gros requin qui venait de faire son apparition dans l'aquarium du parc d'attraction politique. La plupart des conseillers qui avaient accompagné Exbrayat dans sa première aventure gouvernementale se souvinrent soudain qu'ils avaient été un temps des compagnons de route, certes peu fidèles mais il faut bien assurer ses arrières : ce n'est pas trahir que de passer à autre chose... Ils frappèrent donc à la porte du nouveau ministre de l'Intérieur.

Ces moments-là furent assez jouissifs pour l'intéressé mais aussi pour les deux collaborateurs qui étaient restés fidèles à Victor Exbrayat. Ils prirent du galon, à commencer par Charles qui devint conseiller spécial du ministre, chargé entre autres attributions de la rédaction de ses discours. Il s'était suffisamment rompu à l'exercice, notamment au Consortium de l'Eau dont il s'empressa de démissionner. Le mélange des genres – ce qu'on appelait désormais conflit d'intérêts – n'avait plus sa place en politique et l'on traquait sans relâche toute « salissure » sur le CV d'un collaborateur, et a fortiori d'un ministre, surtout quand il est aussi puissant que celui de l'Intérieur.

Quelques jeunes gens aux dents longues se glissèrent aux places disponibles du cabinet, dirigé comme il se doit par un préfet énergique avec lequel Exbrayat s'était lié quand il avait fait son entrée en politique dans une circonscription de la Marne.

C'est alors que Charles, qui professait jusqu'alors des vertus altruistes, surtout en public, commit sa première petite vilenie.

– IX –

Il avait reçu un appel de celui qui l'avait jadis recommandé au jeune Exbrayat et lui avait donc permis d'intégrer son premier cabinet ministériel. Laurent, qui avait 27 ans comme Charles, semblait stagner à la suite d'un mauvais choix. Le ministère qu'il avait rejoint n'était qu'une voie de garage, le titulaire du poste étant par trop falot. Il ne tenait son affectation qu'à une camaraderie de parti avec l'ancien Premier ministre. C'est dire s'il était aujourd'hui menacé. Laurent avait donc besoin d'un coup de main.

Charles était tout disposé à le lui donner. Il n'avait pas oublié son geste deux ans plus tôt et ce retour d'ascenseur lui paraissait la moindre des choses. Quand il en parla à Exbrayat, il se rendit compte que le ministre manquait un peu d'enthousiasme pour des raisons que Charles préféra ne pas approfondir. Il souhaita quand même recevoir Laurent dans son nouveau bureau chargé d'ors et de lustres pour l'aider bien sûr, mais aussi pour le « faire bisquer », reprenant ainsi l'une des expressions favorites du ministre. Cela, il n'osait se l'avouer. L'autre ne manqua d'ailleurs pas d'être impressionné par la majesté du lieu.

Charles l'écouta attentivement tout en surveillant d'un œil son bracelet-montre qui rythmait sa nouvelle vie. Il n'osa dire à Laurent qu'Exbrayat avait paru réticent et lui promit d'appuyer sa candidature. Son ami eut le tort d'ajouter :

— Tu sais, ce dont je rêve, c'est d'écrire les discours de Victor. Je crois que j'ai un assez joli brin de plume. Aux Affaires sociales, ils avaient l'air de l'apprécier.

Charles ne manifesta aucune réaction mais en son for intérieur, il se promit d'empêcher l'importun de pénétrer sur son terrain de chasse. Mielleux, il lui fit savoir qu'il en parlerait bien sûr au ministre et que si par hasard il n'y avait pas de poste disponible il se faisait fort de lui trouver un emploi au Consortium de l'Eau.

Il tint parole. Laurent récupéra sa place dans le privé et en fut reconnaissant à son ami qui, bien entendu, s'était gardé de le recommander à Exbrayat.

À peu près au même moment – un instant de honte est si vite passé –, il fit une rencontre qui allait changer sa vie.

– X –

Elle prit la forme d'une blonde très séduisante qui se prénommait Florence. Elle arriva comme par effraction dans la vie très rangée de Charles. S'il ne parlait jamais à son père de ses tourments ou de ses joies sentimentales, ce n'était pas uniquement par pudeur. C'est aussi parce qu'il n'y avait rien à raconter. Rien de notable en tout cas. Il n'était encore jamais tombé amoureux et se réservait pour celle qui le mériterait. Ses amis le raillaient et le comparaient aux rosières d'autrefois qui, en attendant le grand amour, se refusaient au tout-venant. Charles n'en avait cure.

Se donnant corps et âme à son travail, il n'avait pas à se forcer pour tenir sa ligne. C'est ce qui l'avait fait repérer par Victor Exbrayat et le rendait indispensable à ses yeux. À tout moment de la journée, et surtout de la nuit quand la ville dort, il conversait avec son mentor qui l'utilisait souvent comme *sparring-partner*. Leurs échanges avaient la vitesse des balles de ping-pong, et leur apparente légèreté. S'appuyant sur une complicité née pendant les longs mois de traversée du désert, il se permettait tout ou presque. Il ne passait rien à son ministre, ne lui cachait rien non plus, les mauvaises comme les bonnes nouvelles. Et s'il avait le moindre doute, il l'exprimait. Ses désaccords aussi ; quoiqu'il y mit les formes. Il connaissait suffisamment l'irascibilité de son ministre, et sa propension à se répandre en adjectifs fleuris, sur ses amis comme sur ses ennemis.

Il n'y avait que sur les sujets relatifs à la vie privée qu'il se mettait volontairement en retrait. S'il n'en avait tenu qu'à Victor Exbrayat, tout serait sur la table, et Dieu sait si son parcours sentimental était chaotique. Mais cela gênait la réserve naturelle de Charles – qu'il tenait de son père. Il n'évoqua jamais avec Jean-Baptiste le moindre élément de la vie privée de son ministre. Une part de lui-même devait lui chuchoter à l'oreille que ces pentes-là sont dangereuses et qu'il valait mieux ne pas s'y aventurer. Cela lui permit, au passage, d'avoir les meilleurs rapports avec toutes les femmes qui gravitaient autour de Victor : son épouse au premier chef (c'était déjà la seconde), ses maîtresses, passées ou présentes, et même son assistante qui l'avait suivi partout et que Charles soupçonnait d'avoir été l'une de ses conquêtes. C'était la seule au cabinet, avec lui, qu'Exbrayat tutoyait et ils avaient parfois d'étranges façons de s'enfermer dans le bureau du ministre. Charles faisait mine de fermer les yeux et se gardait bien d'aborder ces sujets avec son patron.

La réciproque était vraie. Et quand il fut troublé en rencontrant Florence, il prit moult précautions pour n'en laisser rien paraître autour de lui.

– XI –

Charles s'était parfois interrogé sur sa retenue dans les choses de l'amour. Il n'aimait pas l'ostentation, c'est sûr, et fuyait les jeunes filles trop insistantes. Il en épinglait de temps à autre une ou deux, sans jamais avoir l'impression de se constituer un tableau de chasse, sans mépriser celles qui succombaient, mais sans non plus aller plus loin. « À bien y réfléchir, avait-il dit un soir d'abandon à l'un de ses proches amis, la seule femme dont j'ai été amoureux reste encore ma mère. J'étais trop jeune quand elle est partie et aujourd'hui encore je l'idéalise. Ça me va très bien comme ça. »

Il repensait de plus en plus souvent à sa mère, à sa coquetterie et à ses manières d'actrice. Il la revivait en noir et blanc, comme dans les vieux films d'Hollywood qu'il adorait regarder tard le dimanche soir à la télévision. En plus, il y avait son parfum qui revenait dans ses souvenirs, entêtant mais hélas désormais totalement disparu de la lettre qu'elle lui avait écrite la veille de sa mort.

Autant dire que quand Florence apparut, ce fut en terrain vierge. Charles l'avait déjà vue à la télévision, où elle officiait sur la principale chaîne d'information en continu à la tête du service politique, mais il lui trouva beaucoup plus de charme qu'à l'écran. Il comprit d'où lui venait cette réputation d'enjôleuse qui lui collait à la peau. Instantanément, il se méfia. De bonnes âmes lui murmuraient qu'elle avait été jadis la maîtresse du patron de la chaîne et que c'est à cela qu'elle devait son poste. C'était manifestement une calomnie car, au-delà de tout, elle avait beaucoup de talent et savait finement soutirer confidences et confessions. Elle restituait les unes comme les autres avec une prise de recul qui faisait d'elle une analyste réputée de la chose politique.

Charles n'était pas dupe de l'intérêt soudain de la jeune femme pour sa personne. Sa complicité manifeste avec son ministre, le tutoiement, même public, entre eux deux, faisaient de lui une proie de choix pour les journalistes. On lui supposait beaucoup plus de pouvoir ou d'influence qu'il n'en avait en fait et on pensait que grâce à lui on saurait ce que le ministre ne pouvait plus révéler comme avant.

Charles la laissa donc venir, curieux de voir jusqu'où elle irait pour obtenir l'un de ces fameux scoops qui font le sel du journalisme. Il fut tout d'abord rassuré de constater qu'elle n'était pas « rentre-dedans », comme le lui avait dit l'un de ses collègues, sans doute un peu jaloux d'avoir deviné une attraction naissante entre les deux jeunes gens. Bien au contraire, Florence, qui avait dû sentir son charme opérer, restait en retrait tout en l'observant du coin de l'œil. Charles aima cela, et s'empêcha lui aussi toute familiarité. Il observait avec amusement ses camarades du cabinet frétiller à l'approche de la jeune femme qui n'avait pas un regard pour eux. Mais il brûlait aussi de voir un jour la glace se rompre entre eux.

- XII -

Charles avait gardé une passion pour la littérature. Dès qu'il le pouvait, il s'échappait de son bureau pour farfouiller dans les librairies spécialisées en livres anciens, du côté de la place Beauvau. Et s'il avait un peu de temps le samedi, entre deux réunions de cabinet, forcément plus décontractées le week-end, il poussait plus loin du côté de Saint-Germain-des-Prés, là où il avait vécu une adolescence joyeuse entre Sciences-Po et Langues O, et où il avait rencontré son père. C'était d'ailleurs devenu un rituel entre eux. Tous les samedis, ils déjeunaient en tête à tête dans le restaurant où ils s'étaient donné rendez-vous pour la première fois. De temps en temps, ils traversaient le boulevard et se retrouvaient chez Lipp, comme le jour de ses 18 ans, ou au Flore quand il fallait se sustenter plus rapidement. Ensuite, il musardait dans les nombreuses librairies du quartier.

C'est dans l'une d'elles qu'il aperçut un jour un attroupement autour d'une personnalité à laquelle on demandait des autographes et que l'on photographiait. Il avait pris l'habitude de ces ballets d'admirateurs qui interrompaient parfois ses déjeuners avec son père. Jean-Baptiste ne disait jamais non mais adoptait dans ces cas-là un air las et résigné qui finissait par dissuader les moins insistants. Lui non plus n'aimait pas ces moments où on lui volait son père. Et puis, il voyait bien les mines de réprobation chez certains clients que dérangeait ce tohu-bohu dans le restaurant, ou que la notoriété indisposait.

Il ressentit lui-même cette impression en pénétrant dans la librairie huppée où il avait l'habitude de dénicher quelques petits trésors littéraires. Il détecta une pointe d'hostilité chez deux ou trois habitués qui se demandaient la raison de tant d'agitation.

— Ce n'est jamais qu'une fille qui passe à la télévision, entendit-il avant de s'apercevoir qu'il s'agissait de Florence.

Il s'approcha et capta une autre conversation qui le fit sourire :

— Qu'est-ce que tu lui trouves ? demandait une femme à son mari. Pas maquillée, elle ressemble à toutes les autres.

— Maquillée ou non, répondit le mari du tac au tac, elle est encore plus désirable au naturel qu'à l'écran.

L'épouse se pinça les lèvres.

Parvenu devant l'attroupement, Charles put vérifier que la jeune présentatrice avait l'air bien malheureuse de ce charivari qu'elle avait involontairement provoqué. Elle avait ce regard traqué de biche aux abois, et un pauvre sourire qui suppliait en silence.

Dès qu'elle l'aperçut, elle se sentit délivrée et sembla inconsciemment l'appeler à l'aide. Charles fendit la petite foule et l'embrassa sur les deux joues, ce qu'il n'avait encore jamais fait, afin de faire savoir aux admirateurs que la récréation était terminée et qu'ils avaient des choses à se dire en privé. La plupart d'entre eux tournèrent alors discrètement les talons mais, comme il en restait encore quelques-uns, Florence mit les mains sur les épaules de Charles, soudain propulsé en ami intime, et l'embrassa à son tour.

C'est alors que, faux mouvement ou pas, leurs lèvres se frôlèrent et que Charles en ressentit un trouble qui gagna tout son être.

– XIII –

Sentant que Florence avait besoin d'être au plus vite exfiltrée de ces démonstrations d'adulation, Charles la prit par la main et l'entraîna sur le trottoir du boulevard Saint-Germain. Elle aurait pu s'en dégager, parvenue dehors, mais sa main ne le lâcha pas et ils se retrouvèrent ainsi, sans trop oser se parler, de peur de rompre le silence qui s'installait délicieusement.

Il fallut pourtant que l'un des deux se dévoua. Ce fut Florence qui le remercia chaleureusement en plantant son profond regard bleu dans les yeux de son sauveur. Elle l'invita à prendre un café au Flore où ils parlèrent de tout, sauf de politique et de télévision. Charles lui raconta son rapport aux livres et, de fil en aiguille, il se dévoila comme il ne l'avait jamais fait sur sa perception des femmes. À l'entendre, cela allait de pair. On n'est jamais déçu par un livre et si on l'est, on peut toujours s'en débarrasser ou le mettre de côté. « Avec les femmes... », avait-il ajouté avec un sourire sans terminer sa phrase.

Florence l'avait écouté. Cela n'allait pas de soi. Elle professait des opinions féministes et cette dernière réflexion de Charles avait des relents sexistes. Pourtant, elle ne pouvait s'empêcher de ressentir à son égard une certaine indulgence. Elle le trouvait touchant, elle n'aurait jamais imaginé ça de lui, elle le croyait jusqu'alors implacable et conquérant, à l'image de son patron Victor Exbrayat.

La conversation prit un tour encore plus intime. Si bien que lorsqu'elle se leva, il fit de même et la pria séance tenante de bien vouloir dîner avec lui. Il n'eut pas besoin d'insister. Elle dit oui sans réfléchir, alors qu'elle était déjà engagée ce soir-là. Son oui était si limpide qu'il ressemblait déjà à une invitation à aller plus loin, beaucoup plus loin. Quand ils se quittèrent, après une longue station debout, balbutiante et frémissante, leurs yeux faisaient déjà l'amour.

– XIV –

Ce qui devait arriver arriva le soir même. Après le dîner, Charles raccompagna Florence chez elle et sur sa proposition, y passa la nuit. Elle avait cinq ans de plus que lui, et beaucoup d'expérience. Il apprit donc, et très vite. Il découvrit des paradis qu'il s'était jusque-là interdits. Cette volupté libéra ses sens. Florence était une excellente initiatrice.

Il découvrit à son contact les vertus de la grasse matinée, qu'il ne pratiquait guère, et ce dimanche matin sous la couette lui parut exotique comme un week-end très loin de Paris.

Jusqu'au brunch qui suivit, ils réussirent l'exploit de ne jamais se parler de leur métier respectif. Charles, tout amoureux qu'il fût, restait sur ses gardes et craignait toujours d'être aux yeux de Florence une proie de choix pour l'alimenter en rumeurs et en scoops. Mais elle ne semblait pas pressée de l'amener sur ce terrain-là. Calcul pour ne rien en montrer, réel abandon dominical ou tout simplement coup de foudre réciproque ? Impossible pour Charles de trancher.

Alors, c'est lui qui prit les devants.

— Qu'est-ce que tu attends de moi ?

— Tu parles de quoi ?

— Pourquoi es-tu venue à moi ?

— Tu te moques ! Je te rappelle qu'hier c'était toi qui es venu à moi. J'étais tranquillement installée dans ma librairie quand tu as surgi.

— Tranquillement, c'est un grand mot, répondit-il en souriant. Mais je ne te parle pas de ça. J'ai juste envie de savoir ce qui te séduit en moi.

— Si tu me parles de tes prouesses sexuelles, peut mieux faire mais j'ai été agréablement surprise…

— Je suis sérieux, Florence, je te demande simplement si c'est le conseiller d'Exbrayat qui t'intéresse ou si tu me trouves autre chose…

Florence ne répondit pas tout de suite. Elle se pinçait pour savoir si le Charles sûr de lui place Beauvau était bien le même que ce jeune amant en doute.

— Cesse de te faire du mal. Tu sais parfaitement pourquoi tu es dans mon lit ce matin. Tu me plais, un point c'est tout. J'aime tes fragilités, j'aime tes forces. Est-ce que ça va durer entre nous ? Conviens que c'est quand même un peu tôt pour y répondre. Maintenant, si tu veux savoir ce qui me vient à l'esprit, c'est que tous les deux, on pourrait faire un sacré tandem. Je pense que rien ne nous résisterait. Penses-y.

Justement, Charles y pensait.

– XV –

De ce jour naquit un duo peu commun, amoureux certes mais aussi professionnel. Tous deux avaient de l'ambition, qu'ils cachaient au mieux aux yeux du monde mais qu'ils ne dissimulaient pas en privé. Merteuil et Valmont. C'était un pacte plus qu'une union : à toi le pouvoir, à moi l'influence ; à toi la politique, à moi les médias.

Florence ne mit pas longtemps à dévoiler son objectif à son amant. Elle ne voulait rien de moins que la place de son patron. Oui, elle le reconnaissait bien volontiers, elle avait été naguère sa maîtresse, mais il ne s'était pas bien comporté avec elle : il n'avait pas quitté sa femme comme il s'y était engagé. Elle lui en avait beaucoup voulu. Comme entre-temps elle avait gravi tous les échelons de la chaîne et qu'elle était devenue incontournable, il ne pouvait plus la toucher mais ils ne se parlaient pratiquement plus. De par sa notoriété grandissante, elle captait toute la lumière et cela commençait par agacer fortement son supérieur. Elle n'en avait cure et faisait tout pour exciter encore davantage sa jalousie. Elle ne se référait jamais à lui, ne lui présentait jamais les hommes politiques qui se bousculaient pour être interviewés par elle, bref, elle le tenait pour quantité négligeable. Elle avait simplement besoin de l'appui du P-DG du groupe propriétaire de sa chaîne pour faire tomber d'une pichenette son propre président. Cela tombait bien : le grand patron était l'un des amis intimes de Victor Exbrayat.

De son côté, Charles, plus prudemment, finit par confier à Florence qu'il n'avait qu'une ambition : tout faire pour permettre à son ministre de gagner la présidentielle à venir. Plus que huit mois à tenir. Après, on verrait. Sous-entendu : ce sera peut-être mon tour.

Comme les choses étaient désormais claires entre eux, ils s'accordèrent pour que rien ne leur soit interdit. Ils ajoutèrent, comme tout naturellement, qu'ils ne se devaient rien, et surtout pas la fidélité, et que dans leur intérêt commun, il était préférable que leur liaison ne se sût pas. Cela permettait à Florence de disposer d'informations exclusives sans encourir le reproche d'être partisane ; quant à Charles, il pouvait continuer à voir sereinement les concurrents de sa maîtresse et à distiller aux uns et aux autres ce qui l'arrangeait, lui comme son ministre.

Cette alliance et cet accord secret – qu'ils qualifiaient cyniquement de gagnant-gagnant – ne les empêchaient pas de jouir pleinement l'un de l'autre quand ils se retrouvaient, chez elle ou chez lui, car ils ne voulaient surtout pas vivre ensemble, par souci d'indépendance autant que par discrétion.

Couple moderne, disaient-ils entre eux. À qui d'autre auraient-ils pu le clamer ? Ils aimaient le secret qui entourait leur union. Ils en aimaient aussi la liberté. Une liberté qui allait de pair avec l'intensité. Et le plus étonnant dans tout cela est qu'ils s'aimaient sincèrement. Charles n'avait encore jamais éprouvé ce sentiment et c'est peut-être la raison pour laquelle il ne se rebella point.

– XVI –

C'est dans cet équipage, tout aussi soudé en privé que débridé en public, qu'ils abordèrent, chacun de leur côté, la campagne présidentielle.

Exbrayat n'avait eu aucun mal à neutraliser les concurrents de son propre parti. Sa candidature semblait aller de soi et sa détermination sans faille avait découragé tout rival potentiel. Son camp n'était plus habitué à l'union ; il traînait derrière lui un long cortège de divisions, de chamailleries et de rancœurs. La fougue du ministre de l'Intérieur rassurait les plus sceptiques, sa modernité également. Avec un pareil personnage, on en a pour au moins dix ans, à condition de ne pas être trop bêtes, ajoutaient les autres. Or la bêtise en politique a de l'avenir, surtout dans ce camp-là qui collectionnait les bévues depuis la guerre.

La chaîne d'information en continu qui employait Florence fit ses délices de cette campagne électorale. C'était la première fois qu'elle donnait le « la » ;

jusqu'alors ce rôle semblait inévitablement dévolu à la première chaîne, qui semblait désormais en perte d'influence.

Pendant ce temps, sans doute excité par l'odeur de la poudre, et en manque de ces combats-là, Jean-Baptiste, jusqu'alors connu pour ses engagements à gauche, épaula grandement son fils et donc son patron, pour lequel il n'avait pourtant humainement que condescendance. Mais il pensait qu'il était temps de tourner la page de l'immobilisme.

Dans le camp d'en face, il y avait une *passionaria*, certes brillante et séduisante mais peu rassurante. Jean-Baptiste, quoique proche d'elle, avait peur de ses embardées et la jugeait encore trop inexpérimentée. Il y avait aussi un candidat au centre, probe et courageux, mais trop seul pour pouvoir gagner dans un pays habitué au traditionnel jeu de bascule droite-gauche. Celui-là plaisait bien à Jean-Baptiste, plus qu'à Charles, mais une part inavouée de son être se disait qu'il valait mieux aller vers la victoire.

Jean-Baptiste joua donc assez souvent le rôle de visiteur du soir place Beauvau. Il prodiguait régulièrement des conseils à son fils, puis à son ministre qui prit l'habitude de passer une tête chez son conseiller – et son acteur de père – quand il n'était pas en meeting. L'expertise de Jean-Baptiste en matière de réseaux et de communication fut très précieuse et cela rapprocha encore davantage son fils de Victor Exbrayat, qui ignorait tout de leur filiation.

Jour après jour, les sondages sourirent. Ils se confirmèrent dans les urnes, qui placèrent le ministre de l'Intérieur en tête du premier tour.

Comme on n'est jamais assez prudent, malgré la forte avance que lui prédisaient les instituts spécialisés, Exbrayat se prépara très consciencieusement au débat de l'entre-deux-tours. Il eut l'idée retorse de demander à Jean-Baptiste d'endosser le rôle de *sparring-partner* pour la préparation du duel où il devait affronter la championne de la gauche.

Le comédien fit merveille. Un peu trop peut-être. Il ne passa rien à son adversaire, qu'il traita de tous les noms, ne reculant devant aucune allusion, aucun argument, même de bas étage. Sans doute remontaient en lui toutes les réserves qu'il avait contre Exbrayat. Charles n'y vit que du feu, aveuglé par la performance de son père, plus vrai que nature dans son rôle de farouche opposant. Le ministre, lui, vécut moins commodément l'exercice. Il tiqua à plusieurs reprises car les coups de son adversaire touchaient juste mais il le félicita à l'issue de leur débat fictif : il l'avait aidé à parer par avance des attaques qu'il n'aurait pas vues venir.

Tout cela donna encore davantage confiance au favori des sondages qui, de l'avis général, se sortit au mieux du débat le lendemain et qui, fort logiquement, l'emporta assez facilement au soir du second tour.

Victor Exbrayat fut donc élu sixième président de la Ve République et l'avenir semblait sourire au jeune Charles qui fêta ce jour même son vingt-huitième anniversaire.

– XVII –

Comme Charles l'avait espéré, Exbrayat lui fit la proposition de le suivre à l'Élysée en tant que directeur adjoint du cabinet. Son supérieur hiérarchique était, comme au ministère de l'Intérieur, le vieux briscard de la préfectorale, d'une fidélité aveugle au nouveau président de la République. Charles s'entendait bien avec lui, il le savait peu jaloux de ses prérogatives, sauf en quelques domaines sur lesquels le jeune homme se gardait bien d'empiéter. Il continuait à jouer cartes sur table et passait rarement au-dessus de lui, malgré la proximité et la complicité qui liaient désormais le Président et son principal conseiller.

Le chef de l'État l'avait chargé pour l'essentiel des affaires économiques et c'est avec le ministre titulaire de ce portefeuille qu'il eut les plus grandes difficultés. Le politicien était obsédé par son image, celle que lui renvoyait son miroir comme celle que lui proposaient les enquêtes d'opinion. Il parlait beaucoup, avec une voix de stentor, et n'agissait qu'en vue de ses intérêts. Par loyauté envers le Président, Charles essayait de le recadrer mais il y avait trop souvent entre eux des nuages chargés d'électricité.

Chien de garde du chef de l'État, il était obligé, sur les sujets le concernant, de courir après les brebis égarées. En cela, il était fort utile à Exbrayat, qui débordait d'idées et voulait qu'elles soient appliquées dans l'heure. La presse avait le tournis mais elle aimait assez cela. Avec le nouveau Président, on n'était jamais en mal de copie ni d'inspiration. En revanche, les conseillers peinaient à suivre et l'Administration se plaignait de ce rythme infernal. Pour l'essentiel, c'est Charles qui devait mettre tout cela en musique.

Pendant les premiers mois du quinquennat, il ne se priva pas d'alimenter Florence en tuyaux exclusifs. Cela contribua à accroître considérablement le crédit de la jeune femme auprès de ses confrères, parfois jaloux mais souvent admiratifs. Personne ne se doutait de sa source principale, ils ne s'affichaient jamais ensemble. Il n'était en revanche pas rare que l'on croise au bras de tel ou tel la journaliste vedette, experte en jeux de séduction et en brouillage de pistes.

Le succès grandissant de Florence – qu'on surnommait Madame Scoop – lui valut la reconnaissance du propriétaire de son groupe. Il la convoqua un matin pour évoquer un sujet le concernant très directement. Florence, qui en avait appris les tenants et les aboutissants grâce à Charles, put dévoiler à son patron les pistes retenues par le Gouvernement et celles qui avaient le plus de chances d'aboutir. Elle n'avait pas le sentiment de se retrouver en situation de conflit d'intérêts. Rien ne pouvait lui résister.

Son patron, qui dissimulait son contentement derrière une fausse placidité, l'interrogea alors sur sa chaîne et ses principaux rouages. Elle ne cacha rien de ses agacements ou de ses aversions… Quelques semaines plus tard, le P-DG du média le plus influent de France fut, à la surprise générale, limogé et remplacé par la brillante trentenaire.

Tout naturellement, elle s'éclipsa de l'antenne mais conserva une tranche d'information très regardée le dimanche soir.

Pierre après pierre, le couple infernal construisait son avenir. Qui s'annonçait radieux.

– XVIII –

Dans les deux premières années du mandat de Victor Exbrayat, Charles travailla en toute loyauté à ses côtés. Le Président avait pleine confiance en lui et le consultait très souvent sur des dossiers qui ne relevaient pas de sa compétence directe. Il n'y avait pas une journée qui ne se terminât par une escapade du chef de l'État chez son principal conseiller. C'était pour lui un moment privilégié où il avait l'impression de s'évader de son bureau – pourtant contigu – et où il refaisait le monde avec son cadet. Ils avaient reproduit leur rituel de la place Beauvau : un échange sans concessions sur tous les sujets du jour et, dans la mesure du possible, de la semaine à venir. Les conseils de Charles étaient si avisés qu'un soir Exbrayat ne put s'empêcher de lui dire en souriant :

— Mais mon petit Charles, pourquoi ne gardes-tu pas tes préconisations pour le jour où tu seras toi-même assis dans mon fauteuil ?

Même susurrée sur le ton de la plaisanterie, la réflexion touchait juste. Le nouveau président de la République avait vu clair dans le jeu de Charles qui se défendit mollement.

— Allons, allons, Charles, lui répondit Victor. C'est humain et c'est même plutôt sain. Ne nie pas, j'ai été comme toi. C'est dans l'ordre naturel des choses. À la seconde même où l'on accède à un emploi en politique, on pense à la marche d'après. Regarde le Premier ministre que j'ai choisi et qui donc me doit tout. Tu crois un instant qu'il ne pense pas déjà à l'Élysée ? Il nous suffit d'être patient, toi et moi. Tôt ou tard, il sortira du bois.

Et il ajouta avec son sourire carnassier :

— J'ai déjà les arguments pour le contrer s'il se présente contre moi. Et même s'il se présente sans que je sois dans le circuit…

— Et si c'est moi ? répondit Charles, sur un ton plus enjôleur que celui de son patron.

— Ah, ah ! Tu aimerais bien savoir ?

— Non, parce que je ne pense pas du tout à cette éventualité. Je suis là pour te servir, et donc pour servir la France.

— À d'autres ! Épargne-moi ces boniments. Je te préfère quand tu es plus direct avec moi.

— Bon, je ne dis pas que ça ne m'a pas un jour traversé l'esprit. Mais je suis si jeune. Pas même 30 ans. Tout ça peut attendre. Et d'ici là tu es là, toi, et je ne ferai jamais rien qui puisse te nuire.

— En es-tu sûr ?

— Parfaitement, répondit Charles avec fougue. Et c'est même pour ça que j'aime la politique. Je suis fier d'avoir contribué, comme d'autres, à ton ascension et, ensemble, nous avons encore de belles choses à construire.

Victor Exbrayat l'écoutait dérouler son petit discours débité sans conviction excessive.

— Alors là, tu vois, mon cher Charles, je ne sais ce que durera ta sincérité du moment. Mais comme j'ai plutôt l'habitude de dire en privé ce que je pense, tu as pu t'en apercevoir, je vais juste te rappeler que j'ai tout fait pour que mon prédécesseur ne puisse pas se représenter, et je crois me souvenir que tu m'as beaucoup aidé pour ça... Ce qui est valable pour l'un peut l'être pour un autre. En politique, il ne faut jamais dire jamais. Ni toi ni moi ne savons ce que l'avenir nous réservera. En attendant, continuons à travailler main dans la main, conclut-il en se levant et en regagnant son bureau.

De ce jour, Charles ne pensa plus qu'à remplacer Victor. Le moment venu.

– XIX –

Tout au long de ses premiers mois à l'Élysée, Charles resta très proche de son père qui, étonnamment, était devenu son meilleur ami, celui à qui il pouvait tout confier, malgré la différence d'âge. Et c'est ainsi qu'il le présentait autour de lui.

De son côté, Jean-Baptiste lui racontait sa vie, par bribes ou par épisodes entiers. Il ne lui cachait rien de ses doutes, de ses regrets, de ses petites hontes... Ce qui lui permit plus facilement d'aborder les moments les plus glorieux, ceux qu'étrangement il occultait dans les premiers temps de sa relation avec son fils.

À vrai dire, Jean-Baptiste craignait par-dessus tout d'être fossilisé dans une image de légende, ce qui laissait inévitablement entendre que sa vie était derrière lui. À chaque fois qu'on s'approchait de lui, surtout quand il s'agissait de femmes, il se tournait vers Charles et lui chuchotait à l'oreille :

— Tu vas voir, on va encore m'empailler...

Il arrivait qu'on l'interrogeât sur ses années de gloire sur les planches ou devant les caméras. On le prenait pour le dernier des Mohicans. Il répondait souvent évasivement, comme si l'évocation du passé le mettait mal à l'aise. Au fond de lui, en fait, il savait bien qu'il avait adoré cette période faste de sa vie, comme une sorte d'âge d'or du théâtre, du cinéma et de leurs monstres sacrés. Et s'il n'aimait pas trop remuer ces souvenirs-là, c'est que le manque – ou la frustration – venait parfois lui serrer le cœur.

Voilà pourquoi il se projetait délibérément vers l'avenir. Et l'avenir pour lui, c'était d'abord ce qu'allait devenir son fils. Il l'avait choisi pour porter l'étendard de la vengeance de son propre père, ce qu'il n'avait pas su lui-même incarner, et il se figurait que, là où il était, Guillaume avait besoin que son petit-fils soit au moins ministre ou Président.

Jean-Baptiste avait plutôt bien accepté l'arrivée de Florence dans la vie de son fils. Il avait vite compris qu'entre eux c'était d'abord une affaire d'alliance, plus que d'alliage, et que ce couple si discret avait parfois des allures de petite entreprise. Les deux ambitieux s'entendaient bien, cela sautait aux yeux, mais ils avaient délibérément placé leurs plans de carrière au-dessus de leur amour. Pas question d'enfants entre eux, ni de grands projets d'avenir, ni même de cohabitation. Ils fonçaient chacun de leur côté, se retrouvaient avec plaisir au moins trois fois par semaine, mais jamais en public. Dans ces moments-là, ils ne s'attardaient guère en préliminaires. Et c'est ainsi qu'un jour Florence fit à son amant une drôle de confidence.

- XX -

— Ça te gêne si je te dis que j'aime aussi les femmes ?

Elle avait glissé ça négligemment, comme elle aurait dit qu'elle aimait les glaces à la fraise ou la soupe d'ortie. Elle embrassa son amant et n'attendit même pas une réponse.

Rien dans son comportement ne lui avait laissé pressentir qu'elle était bisexuelle. Après tout, c'était son problème et cela ne le gênait pas. Bien au contraire, au fil de leurs ébats, l'idée commença à l'exciter. Il l'imaginait avec d'autres femmes et n'en concevait aucune jalousie.

Il ne lui en reparla pas cette nuit-là. Elle non plus.

En revanche, il y repensa tout au long de la semaine. Les choses étaient claires entre eux. Il ne pouvait y avoir de coup de canif porté au contrat puisqu'il n'y avait pas de contrat. Et puis, à tout prendre, il avait préféré qu'elle lui annonçât un penchant pour les femmes plutôt que pour d'autres hommes. Il avait beau ne pas être jaloux, surtout d'une femme aussi libre qu'elle, il souhaitait qu'il n'y eût pas de rival entre eux deux.

Peu à peu, il apprivoisa l'idée de femmes furtives venant de temps à autre partager sa couche. Il ne savait pas quand ça se passait, ni comment ça se passait, mais il n'avait aucune envie de poser des questions. Il ne voulait surtout pas toucher à leur farouche indépendance. C'est ainsi qu'ils s'étaient construits, c'est ainsi qu'ils réussissaient, chacun de son côté, au nom d'une conception extensive de la liberté. Et ma foi, ils n'avaient pas eu à s'en plaindre.

Il n'empêche. Comme la perspective de partager Florence avec une autre commençait à le tenter sérieusement, il osa demander un soir :

— Tu es prêteuse ?

Elle fit semblant de ne pas avoir compris mais elle savait parfaitement ce qu'il entendait par là.

— Ça t'excite, n'est-ce pas ?

— Oui.

— Mais tu ne sais même pas si je suis déjà passée à l'acte...

— À mon avis, oui.

— Qu'est-ce qui te fait dire ça ?

— Si j'étais une femme, je te draguerais immédiatement.

— Et comment t'y prendrais-tu ?

De fil en aiguille, la conversation se pimenta et ils firent l'amour plus furieusement que d'habitude.

Entre eux deux, il y avait le fantôme d'une autre femme, son parfum, son mystère aussi.

Cela aurait pu fissurer leur relation, elle n'en sortit que renforcée.

– XXI –

Puisque Florence avait décidé d'user sans retenue de sa liberté, Charles se mit à son tour à regarder autour de lui. Son travail ne lui en laissait guère le loisir, aussi se contenta-t-il de chasser dans son environnement immédiat. Les papillons qui tombaient dans son filet n'étaient pas farouches, ils étaient pour la plupart intéressés par leur collectionneur ; il s'agissait assez souvent de jeunes journalistes en recherche de confidences ou attirées par le musc du pouvoir. Parfois, c'étaient des attachées de cabinet soucieuses de s'attirer les grâces de l'Élysée, pour elles ou pour leur ministre.

Toutes ces aventures étaient sans importance aux yeux de Charles, et presque toutes sans lendemain. Certaines de ses proies s'attachèrent, soit par sentimentalisme, soit parce qu'il était joli garçon, soit par intérêt. C'était un parti enviable et plus d'une femme rêvait de s'approcher d'aussi près du cœur du pouvoir.

Il ne parlait évidemment d'aucune de ses conquêtes à Florence. Il n'avait aucune envie d'éprouver sa jalousie si tant est que ce sentiment l'habitât. Et quand il s'agit de concurrence entre jeunes journalistes, il vaut mieux se montrer prudent...

Il n'en parlait pas davantage à son père. D'ailleurs, le plus étonnant était qu'il n'évoquait jamais en public sa filiation. Même Exbrayat ne l'interrogeait pas sur les allées et venues de Jean-Baptiste à l'Élysée, le plus souvent tard le soir autour d'un plateau-repas, ou après le dîner car Charles quittait rarement son bureau avant minuit, voire une heure du matin. Les autres conseillers étaient persuadés qu'en raison de son expérience et de sa brillante carrière, l'acteur, connu pour ses engagements, jouait les visiteurs du soir afin de faire profiter le jeune ambitieux – et donc son patron – de ses lumières.

Tout cela convenait à Charles, très fier de son père et de son passé, mais obsédé par la discrétion. Il était secret par nature – son enfance affleurait toujours – et il savait bien qu'en politique il ne faut faire confiance à personne, surtout pas à ceux que l'on nomme abusivement « amis ». Il n'y a pas d'amis dans ce milieu, tout juste des coalitions d'intérêts éphémères.

Il s'en persuadait de jour en jour : son seul ami, c'était son père. Et c'est donc à lui seul qu'il fit un jour la confidence d'une aventure sentimentale qui prit à ses yeux une importance inattendue.

– XXII –

Charles avait été envoyé par Exbrayat pour régler une affaire assez épineuse rue de Valois, au ministère de la Culture. Elle ne pouvait se régler qu'au plus haut niveau, celui de la ministre, et il fallait donc court-circuiter son directeur de cabinet et, bien évidemment, le conseiller en charge de ce secteur à la présidence de la République.

La ministre de la Culture était une coriace et, comme elle était l'une des très rares à jouir d'une vraie notoriété et, partant, d'une certaine popularité, elle n'en faisait qu'à sa tête. Or Victor Exbrayat avait besoin qu'elle applique sans barguigner l'une de ses promesses de campagne. La ministre rechignait. Pour s'en débarrasser, elle prétextait les freins d'une administration immobiliste, comme de syndicats qui ne l'étaient pas moins et qui à tout moment agitaient la menace d'une grève. Par essence le pouvoir politique n'aime pas voir ses intellectuels dans la rue ou monter au front dans les médias.

C'est dire que la mission de Charles était délicate. Elle réussit au-delà de ses espérances.

Un déjeuner avait été prévu au ministère pour essayer d'arrondir les angles. Passé les prolégomènes plutôt rugueux entre les deux interlocuteurs, les positions commencèrent à se rapprocher au moment du plat principal. Charles sut trouver les bons arguments et, quand il se rendit compte que la ministre hésitait encore, il ne s'embarrassa pas pour lui dire qu'en cas de blocage, le Président n'aurait aucun état d'âme : il la limogerait. Ce n'était pas du tout dans ses intentions, et encore moins dans la lettre de mission que Charles avait reçue de lui avant de se rendre rue de Valois, mais la fin justifie les moyens… Telle était sa philosophie. On savait qu'il avait l'oreille du chef de l'État et sa pleine confiance, et qu'il valait mieux ne pas se trouver sur son chemin…

De plus, s'il avait la culture du cynisme, il n'en avait pas du tout l'apparence. Il exposait ses arguments avec un air angélique, ses yeux bleus plantés dans le regard de son interlocuteur, et un sourire charmeur qui mettait en valeur sa jeunesse insolente. « Les dents du bonheur », disait-on, et que faire face au bonheur, si ce n'est recevoir sans se rebeller ?

À ce moment précis, alors qu'on servait le dessert, la ministre s'aperçut qu'il était délicieux de céder. Rien ne vaut le désir quand il vous fait soudainement vaciller.

C'est exactement ce qui arriva à Samia Herzi quand elle se leva de table.

– XXIII –

Samia tenait sa force de caractère – et son charme – d'un métissage entre une mère kabyle et un père breton. Deux peuples fiers qui souvent s'entendaient bien, rétifs l'un comme l'autre au pouvoir central. De par son parcours méritant, à l'école de la République, Samia était devenue une sorte d'icône aux yeux d'une communauté maghrébine à qui elle prouvait qu'il était possible de réussir en ayant grandi dans un quartier dit défavorisé. Inversement, elle était aussi la cible de racistes courageusement anonymes qui, sur les réseaux sociaux, l'insultaient en prétendant qu'elle ne pouvait être parvenue à son poste qu'après avoir couché avec la terre entière. La bassesse de ces attaques l'avait rendue encore plus sympathique à Charles qui savait bien que dans ce pays très jaloux, on ne pardonne ni la beauté ni la réussite.

Samia avait tout pour elle, sauf l'amour car elle venait de divorcer de son mari, haut fonctionnaire et apparatchik, à gauche de l'échiquier politique. L'irruption de Charles venait donc à point, même si, encore fragile après son échec conjugal, elle n'avait pas le désir de s'ouvrir à une nouvelle aventure sentimentale.

Cela tombait bien. Charles était animé des mêmes intentions. Il se sentait engagé auprès de Florence, mais libre de corps. Et celui de Samia l'attirait furieusement.

À peine levés de table et salués par le maître d'hôtel qui ne devait guère être dupe de cette précipitation – nous prendrons le café dans mon bureau, avait dit la ministre, ne vous occupez de rien, je le ferai moi-même à la machine... –, ils se frôlèrent dans le dédale des vestibules et des réduits qui sont l'apanage des ministères et autres lieux de pouvoir. On sent que les mœurs anciennes héritées des marquises et des comtesses qui les habitèrent y ont laissé un peu de leur empreinte.

Alors qu'elle avait la main sur la porte de son bureau, Charles lui prit la taille et la retourna vers lui. Elle eut le réflexe de refermer l'autre porte à battants dorés et ils se retrouvèrent dans une quasi-obscurité, coincés dans un espace aussi haut de murs que confiné, un peu comme un placard. L'interdit et la promiscuité décuplèrent leurs ardeurs. Les lèvres de Charles ne s'attardèrent pas longtemps sur la bouche de Samia, elles descendirent sur ses seins.

Il était désormais à genoux, elle lui caressait la nuque, il avait relevé sa jupe et fait glisser sa petite culotte, il l'embrassait voluptueusement en humant son parfum, elle allait jouir lorsqu'ils furent interrompus par un bruit dans le bureau derrière la porte.

— Madame la Ministre, disait la secrétaire, avant de se reprendre : Non, non, elle n'est pas encore revenue, je vais voir dans la salle à manger.

Ils eurent à peine le temps de rajuster leurs vêtements. En lui donnant un dernier baiser, elle posa sa main sur son sexe très dur sous le pantalon puis, comme si de rien n'était, pénétra dans son bureau en arrangeant autant que faire se pouvait sa chevelure désordonnée.

Charles la suivait, plus gêné qu'elle et moins familier des lieux. Il l'observait comme une proie.

Maîtresse d'elle-même, elle sortit son poudrier, se contempla dans le petit miroir et se remit du rouge à lèvres là où elle l'avait abandonné à Charles. Elle le regarda avec la même intensité que lui et susurra sans le moindre complexe :

— J'adore ton odeur. Elle donne envie de te faire l'amour. Et je comprends mieux pourquoi elle affole les couloirs des chaînes d'information…

Il n'eut pas le temps de répondre à cette pique qu'il n'avait pas vue arriver et dont il ignorait l'origine : la secrétaire venait d'apparaître.

— Ah ! Madame la Ministre… Je vous cherchais, c'est un appel un peu urgent.

Elle se pencha à son oreille et Charles en profita pour s'éclipser en envoyant de la main un baiser à distance.

– XXIV –

Rentré à son bureau, Charles repensa toute la journée à cette étreinte clandestine.

Exbrayat le félicita pour le succès de son entreprise mais semblait loin d'en imaginer la raison.

Tout en ne se lassant pas de l'odeur ambrée de la peau de Samia qui restait collée à ses narines – et qu'il faudrait songer à camoufler car il devait voir Florence le soir même –, il se demandait comment la ministre avait bien pu savoir qu'il avait une liaison avec elle. N'était-ce qu'une phrase en l'air pour se moquer de sa réputation de joli garçon ? L'allusion était-elle plus directe ? Il se promettait de revoir Samia, au moins pour étancher sa curiosité. Et puis, pourquoi le nier, il avait aimé ce moment de séduction purement sexuelle.

Imprudemment, il laissa un texto un peu trop explicite sur le téléphone de la ministre et tout aussi instinctivement, il l'effaça de son propre portable. On n'est jamais trop méfiant et, derrière ses postures d'amazone, Florence n'était pas femme à supporter la présence d'une rivale en termes d'influence. Passent encore les petites aventures avec des filles qui ne pouvaient pas compter, mais une ministre... Surtout celle-là...

Il ne fut pas facile de la revoir. Leurs agendas les en empêchaient. Leur notoriété compliquait la situation. Heureusement, un déplacement du président de la République en province, en compagnie de plusieurs ministres dont Samia, vint à point nommé pour leur permettre de se voir un peu moins furtivement qu'à Paris. Pour se greffer au voyage, Charles prétexta le besoin d'une piqûre de rappel à la ministre récalcitrante. Comme sa mission de bons offices avait été couronnée de succès dix jours auparavant, Victor Exbrayat accepta bien volontiers : d'ordinaire, il préférait savoir son principal conseiller à l'Élysée quand lui-même était obligé de s'en absenter.

Le chef de l'État essayait de marquer les esprits en s'installant deux jours par mois dans une métropole. Il avait remarqué que les électeurs ne goûtent guère les voyages express où le président de la République ne passe qu'en coup de vent, abrité de la population par un attirail policier décourageant et par une forêt de micros et de caméras.

Ce jour-là, à Toulouse, Exbrayat joua fin, une fois de plus, se déplaçant dans des quartiers où il n'était pas annoncé et notamment au Mirail dans un établissement scolaire réputé difficile. Samia Herzi était collée à lui. Elle n'ignorait pas l'importance d'une photo ou d'une séquence télévisée, fût-elle de cinq secondes...

Le soir, le Président, ses quatre ministres et leurs conseillers les plus proches dînèrent à la préfecture de région en compagnie de quelques syndicalistes plus flattés qu'ils ne le laissaient paraître. Habituellement, ils ne partagent pas un repas avec le chef de l'État...

Quand le dîner fut terminé – assez tôt car Exbrayat n'aimait pas trop les banquets qui durent –, chacun se retira dans ses appartements au premier étage de la préfecture. Et c'est ainsi que, lorsque les lumières du couloir s'éteignirent, Charles put se glisser dans la chambre de la ministre de la Culture et passer sa première nuit avec elle. Elle fut à ce point délicieuse qu'il fut à deux doigts de lui confier ses origines. Après tout, sa grand-mère était berbère elle aussi...

Vers minuit, Florence tenta de le joindre comme elle le faisait quand se finissait sa journée de travail. Ce soir-là, le téléphone de son amant ne répondit pas.

Ce fut la première alerte.

Elle devait être suivie de quelques autres. Florence se consola en faisant venir à son domicile quelques-unes de ses amies libertines mais elle se rendit rapidement compte que son propre comportement devenait anormal. Elle n'était pas habituée à ressentir les affres de la jalousie, ce picotement désagréable qui vous installe en permanence sur vos gardes. Quand elle essayait de se raisonner, elle se disait que c'était bien la preuve qu'elle était attachée à Charles mais très vite le vent mauvais du soupçon reprenait le dessus : il y avait désormais une femme entre eux deux. Elle ferait tout pour savoir de qui il s'agissait.

– XXV –

Les hommes, le plus souvent, sont de piètres menteurs. Florence n'eut aucun mal à mettre Charles face à ses contradictions et à démonter ses dénégations. D'autant qu'il n'avait jamais connu semblable situation alors que, visiblement, elle en était coutumière.

En nettoyant les messages privés de son téléphone portable et de son ordinateur, il croyait avoir fait l'essentiel. Il s'était retenu pour ne pas rappeler Samia, très insistante après leur nuit à Toulouse. Il faut dire qu'elle avait été ardente et que Charles aurait bien aimé, comme elle, recommencer. Mais il se savait surveillé et n'avait aucune envie d'aggraver son cas. D'autant que son étoile ne pâlissait pas auprès de Victor, bien au contraire. Il était promis à un grand avenir. Sans trop se l'avouer, il savait qu'il aurait encore besoin de Florence et de sa chaîne qui ne ménageait pas son discret soutien. Cela méritait bien qu'on fermât les yeux sur les élans de la chair. De la chair et non du cœur, pour le moment tout du moins : il s'apercevait qu'il pensait de plus en plus souvent à la ministre.

Mais Florence ne renonçait pas. Elle n'aurait de repos que le jour où elle saurait la vérité. Ce qui, peu à peu, transforma leurs moments d'intimité en cauchemars. Pour les abréger, Charles finit par avouer une partie des faits. Maladroitement, il expliqua que Samia l'avait un peu dragué le soir de Toulouse et qu'ils avaient légèrement flirté, sans plus. Il se garda bien d'évoquer la nuit qui avait suivi, ou même le baiser dans son bureau.

Florence n'insista pas. Elle avait eu gain de cause. Elle ne l'ennuya plus, ne fouilla plus ses poches et ne reparla jamais de sa rivale. Mais elle se vengea en s'en prenant à elle, subtilement dans un premier temps, plus grossièrement ensuite.

C'est Samia qui alerta son amant par un coup de fil : elle était boycottée sur la chaîne de Florence. Des invitations avaient été annulées, sa présence à des manifestations systématiquement ignorée. Charles lui demanda pourquoi elle lui en parlait, et si elle était bien sûre d'être blacklistée. Il n'y a pas un homme ou une femme politique qui ne soit persuadé d'être censuré ou injustement traité.

— Mais tout le monde sait que la patronne, c'est ta maîtresse, répondit, cinglante, la ministre. Voilà pourquoi je te parle à toi. Dis à ta furie de se calmer. Sinon, elle aura de mes nouvelles.

D'ordinaire si sûr de lui pour démêler les situations

politiques ou économiques les plus complexes, Charles était décontenancé. Il n'imaginait pas un instant que quelqu'un puisse être au courant de sa liaison avec Florence. « Tout le monde sait... » Vraiment ? Exbrayat par exemple ? Ou ses nombreux contacts dans la presse ? Personne à ce jour n'avait fait la moindre allusion devant lui. À coup sûr Samia bluffait.

Ce n'était pas tout. Que faire ? En parler à Florence ? Avec ou sans circonvolutions ? Charles était très embarrassé.

Il se résolut alors à un choix qui allait se révéler désastreux.

- XXVI -

Ne maîtrisant pas aussi bien que Florence les codes des relations homme-femme, il opta pour la vérité afin que sa maîtresse sache désormais qu'il avait tiré les enseignements de cet accroc au contrat implicite qui les liait. Il lui raconta donc le coup de fil de Samia et l'encouragea à modérer sa réaction à son égard. « Elle a des circonstances atténuantes », lui expliqua-t-il en faisant allusion à son divorce douloureux et à quelques détails intimes que lui avait confiés la ministre.

Ce fut une erreur. Florence le remercia pour sa franchise mais cet aveu fut loin d'étancher sa jalousie. Bien au contraire.

Le lundi suivant, il fut alerté par le service de presse de l'Élysée de l'imminence d'un article assez méchant sur Samia dans un titre phare de la presse à scandale. Sa photo allait même paraître en une alors qu'habituellement, ce type de magazines ne traitait que de stars du cinéma, de la chanson ou de la télévision. Les détails croustillants de l'article étaient donc supposés allécher les lecteurs. Comme Charles était considéré par Exbrayat comme une sorte de tour de contrôle censée l'alerter de tous les périls imminents, il s'infligea la lecture du papier. Et ce qu'il y apprit le sidéra. Il y voyait reproduites toutes les révélations très intimes que lui avait faites Samia lors de leur unique nuit commune. Il devinait qu'elle ne les multipliait pas autour d'elle. Immanquablement, elle le tiendrait pour responsable. Or, bien évidemment, il n'avait parlé à personne. À personne sauf à…

Son premier réflexe fut d'appeler Florence pour la secouer. Il se reprit. Il fallait tout d'abord gérer les conséquences politiques de l'article. De l'avis de son plus proche entourage, puis du Président lui-même, le danger était relativement circonscrit, tant que la vague ne déborderait pas de la seule presse à scandale. Mais le lendemain soir, alors que ses collaborateurs guettaient de nouvelles allusions dans d'autres magazines de ce genre, il eut la désagréable surprise de découvrir dans la livraison à venir du *Canard enchaîné* un article mettant en cause la ministre de la Culture sur un tout autre sujet, politiquement plus embarrassant.

Presque au même moment, son téléphone sonna. C'était Samia. Elle avait déjà tenté de le joindre par deux fois pendant la journée mais il s'était lâchement dérobé ; il savait bien les reproches dont elle allait l'accabler. Cette fois-ci, il décrocha car les dernières révélations du *Canard enchaîné* ne pouvaient pas venir de lui, directement ou indirectement.

Visiblement, la ministre n'avait pas lu l'article car elle ne lui parla que des rumeurs de la presse de caniveau.

— Tu es fier de toi ?

— De quoi serais-je fier ?

— D'avoir alimenté un torchon de confidences sur l'oreiller. Tu m'écœures. Je te faisais pleine confiance.

— Mais je n'y suis pour rien, Samia. Je n'ai parlé à personne. Tu sais bien que je me garde de voir un quelconque journaliste. Avec Victor, nous savons trop ce qu'il en a coûté à son prédécesseur.

— Et à lui, tu n'as rien dit ? Je me méfie de tout le monde, de lui comme des autres. Et peut-être un peu plus de lui que des autres...

— Bien sûr que non. Nous avons toujours érigé une cloison très étanche entre vie privée et vie publique. Me concernant, il ne sait rien de la première, et je ne sais rien de la sienne.

— Alors qui d'autre ? Seul mon ex-mari est au courant de tout. Mais même s'il me déteste, je sais très bien qu'il est incapable de ça. Ne serait-ce que par respect pour nos deux enfants. Et pourquoi le ferait-il maintenant, deux ans après notre divorce... ? Alors que toi, je venais tout juste de te le dire...

— Samia, je te le jure, je n'y suis strictement pour rien. Notre histoire est suffisamment compliquée comme ça. Et j'y tiens.

— Justement, mon petit Charles, j'ai une question à te poser.

— Vas-y.

— C'est vrai, cette rumeur sur toi et la fille de la télé ?

— Ce n'est pas le moment, Samia.

— Parce que ?

— Il y a plus embêtant. Beaucoup plus embêtant même. Tu as lu *Le Canard enchaîné* qui paraît demain ?

— Non.

— Alors tu as intérêt à le faire au plus vite. Et à venir dès que possible à l'Élysée. Je vais monter une réunion d'urgence avec Victor. Il doit avoir un créneau à 19 h 45. Viens au plus vite qu'on prépare ça ensemble.

— Charles, je peux te demander quelque chose ?

— On se dira tout ça tout à l'heure. Sois forte, Samia, et attends-toi au pire.

– XXVII –

Victor Exbrayat n'eut pas besoin d'aller jusqu'au bout de l'article pour prendre sa décision. C'était celle que redoutait Charles et pour laquelle il venait de préparer la ministre.

— Jusqu'à ce soir on pouvait encore tenir, chère Samia. Là on ne peut plus. On ne va pas finasser. Ça sent la campagne de presse. On va y avoir droit tous les jours et toutes les semaines. Il faut étouffer ça dans l'œuf. De notre côté, on ne va faire aucune déclaration. Toi, tu vas me présenter ta démission et tu vas dire que tu as besoin de prendre du champ pour préparer ta défense. Tu vas surtout insister sur l'attaque privée en expliquant que c'est écœurant de bassesse. Tu auras toutes les femmes avec toi. D'accord, Samia ?

La ministre de la Culture était sonnée. La détermination du Président l'avait achevée. Il n'y était pas allé par quatre chemins et ne lui laissait aucun choix. En une fraction de seconde, elle entrevit la fin de sa carrière. Ses illusions de petite fille méritante se fracassaient en un instant.

Charles l'observait avec douceur. C'est ce qu'elle voulut retenir de cet affreux quart d'heure où tout pour elle avait basculé. Impassible, Victor n'attendait que son accord. Elle le lui donna dans un souffle, puis se leva et quitta le bureau présidentiel avec dignité.

Charles la raccompagna jusqu'au perron et, dans un moment d'abandon, lui passa la main sur la nuque. Elle se laissa caresser la racine des cheveux, ferma un court instant les yeux puis monta dans sa voiture qui l'attendait. Il la suivit des yeux jusqu'à la grille de l'Élysée. Il savait que c'était son dernier voyage dans ce véhicule. Sitôt revenue dans son bureau, elle rendrait publique sa démission après avoir prévenu son cabinet et reviendrait chez elle à pied, comme dans la vraie vie. Elle traverserait des jours noirs, elle n'écouterait plus la radio pour ne plus entendre son nom en boucle, elle n'oserait plus sortir de chez elle pour échapper aux paparazzis puis, tout doucement, le temps reprendrait son cours. Son affaire serait chassée par une autre, elle effacerait peu à peu de son front cette étoile rouge de la honte qu'elle s'imaginait porter en permanence alors que personne ne la voyait, elle partirait en vacances chez des gens normaux qui, eux, avaient de vrais problèmes, elle oublierait – un peu – les trahisons et l'indifférence, elle ne se souviendrait que de ceux qui l'avaient appelée dans son désert et, un jour, parce que c'était dans sa nature, elle remonterait sur son cheval, la rage au cœur et plus déterminée que jamais.

Tout à l'heure, quand tout serait fini et que l'Élysée s'enfoncerait dans la nuit, il l'appellerait.

– XXVIII –

Cette nuit-là, après avoir longuement téléphoné à Samia, très atteinte, il revint chez lui vers une heure du matin et tenta de joindre Florence qui ne répondit pas. C'était préférable. Il aurait été très désagréable car, il en était sûr, elle était derrière tout cela. Il suffisait de regarder la chaîne qu'elle dirigeait désormais et qui se régalait en boucle de l'affaire Samia Herzi, de sa démission et de ses conséquences.

Comme il l'avait anticipé, le président de la République fut relativement épargné par la mini-tempête qui accompagna le départ de la ministre de la Culture. « C'est toujours celui qui tire le premier qui gagne », lâcha Victor entre deux rendez-vous. Car la vie suivait son cours et le chef de l'État n'avait pas plus d'états d'âme que la veille. « J'espère que tu lui as bien répété que j'étais à ses côtés », dit-il à Charles quand il relata son coup de téléphone à Samia. Le conseiller lui disait tout, c'était la règle.

Ce jour-là, plus qu'un autre, l'attitude de Victor, son cynisme et ce mensonge médiocre indisposèrent davantage son conseiller. Il n'avait déjà plus grande considération pour lui, le peu qu'il en restait fondit comme neige au soleil. Ce jour-là, il se dégagea encore un peu plus de son mentor et se jura de jouer avant tout pour lui-même. Et bien sûr sans le dire. De ce côté, il avait été à bonne école.

Il éprouva le même dégoût à l'égard de Florence et de ses méthodes. Mais là encore, il se tut. Et pourtant il aurait explosé la veille, si elle avait décroché, et peut-être mis son couple en danger. Quand il dîna avec elle le lendemain de la démission de Samia, il la laissa venir, perfide et faussement compatissante.

— La pauvre, dit-elle. Tu l'as eue depuis ?

— Oui. Elle t'en veut beaucoup.

— Pourquoi donc ?

— Elle est persuadée que tu es derrière tout ça.

Ce qu'il n'osait lui dire en face, il l'attribuait à la malheureuse démissionnaire.

— Calomnie ! répondit Florence. Nous n'avons fait que notre travail. Et si elle a vraiment le cœur un peu trop sensible, il ne fallait pas qu'elle regarde la télévision aujourd'hui.

— Ce n'est pas ce dont je parle. Je ne l'ai pas eue aujourd'hui au téléphone. Elle faisait allusion aux fuites dans la presse people.

— Tu sais bien que je n'y suis pour rien. Je ne mange pas de ce pain-là.

Charles ne répondit rien. Et c'est ainsi que, sans gloire ni courage, il laissa sa maîtresse exécuter une rivale.

– XXIX –

Peu de temps après cet épisode qui lui laissa un goût amer et dont il ne fut pas fier, Charles, qui vacillait dans ses convictions et dans ses engagements, essaya de se racheter en faisant un choix de carrière qu'il ne regretta pas.

À vrai dire, l'idée ne vint pas de lui mais de son père. Jean-Baptiste, qui avait gardé des liens très vivaces – au nom de services rendus – avec le ministre de l'Intérieur successeur de Victor Exbrayat après la présidentielle, fut averti par lui d'une opportunité intéressante.

C'est le ministre qui avait provoqué le dîner avec son ami d'Orgel place Beauvau. Il lui laissa entendre qu'il pourrait bien y avoir prochainement une élection législative partielle dans la circonscription bretonne d'où était originaire le comédien. L'affaire était assez fumeuse mais elle se résumait à une malversation dont s'était rendu coupable le député. La presse n'en savait encore rien, la justice pas davantage, mais le ministre de l'Intérieur, oui. Par quel mystère ? Pas besoin d'être grand clerc pour deviner qu'il devait s'agir d'écoutes, bien évidemment illégales, mais le ministre se récria aussitôt :

— Peu importe ma source, ce qui compte c'est mon information : tôt ou tard le député sera obligé de démissionner. Or, même s'il n'est pas adhérent au parti du Président, il est de ses alliés et un deuxième scandale après l'affaire Herzi ferait tache. Il faut donc traiter le cas en amont, pousser l'autre à renoncer à son siège et mettre tout de suite en selle un candidat pour le remplacer.

— On connaît déjà la réponse à la dernière question. S'il y a démission, c'est obligatoirement son suppléant qui prend sa place.

— C'est là que l'affaire se complique, et en politique rien n'est jamais simple. Il ne faut surtout pas que ce soit lui. D'abord parce que c'est un nul...

— Ça ne serait pas le premier !

— Je t'en prie. Même si tu n'as pas tout à fait tort... Mais surtout parce que le suppléant est mouillé dans la même affaire. Donc on écarte l'hypothèse.

— Victor est au courant ?

— Bien évidemment. Je l'ai prévenu la semaine dernière, dès que j'ai eu vent de l'histoire. Et c'est lui qui m'a trouvé la solution.

— Ah bon ? Je croyais qu'il ne s'occupait plus des affaires de son parti.

— Pour la galerie, bien sûr. Il n'interviendra jamais directement mais je peux te dire qu'il n'a pas perdu la main. Il a eu une très bonne idée.

— Laquelle ?

— Toi.

— Pardon ?

— Oui, toi. Tout le monde sait que tu as une maison de pêcheur là-bas. Je me suis renseigné : tu y es connu comme le loup blanc. Et de toute façon, avec ta notoriété, les deux cocos seront obligés de céder et les électeurs obligés de voter pour toi.

— Comme tu y vas ! Ça ne se passe pas comme ça. Pour commencer, je n'ai aucune envie d'être député.

— Mais tu ne fais plus rien, mon petit vieux. Tu n'es plus monté sur les planches après ton accident et depuis, tu erres comme une âme en peine.

— Pas du tout. Je n'ai jamais été aussi libre et aussi serein.

— Allons, allons, insiste le ministre. Quelle belle revanche ce serait pour toi ! La campagne de presse qui a suivi la mort de ta maîtresse a été vécue par beaucoup comme une injustice. Tu as la possibilité de faire un beau pied de nez à ceux qui ont créé le scandale. Et avec un peu de chance, sitôt élu, tu pourras très vite te retrouver au ministère de la Culture. En tout cas, je m'y emploierai auprès de Victor qui n'a pas du tout fermé la porte quand je lui en ai parlé.

— Tu es bien gentil de t'occuper de mon avenir mais tu aurais pu me mettre dans la confidence. Je ne fonctionne pas sur le même logiciel que vous, mon cher Alain. J'ai eu une carrière honorable. Elle est désormais derrière moi, j'en conviens, mais je n'ai pas envie de la cisailler en politique. Ce serait contraire à tout ce que j'ai toujours professé. Et c'est peut-être pour ça que je suis resté aussi populaire, comme tu le dis. Désolé Alain, c'est non.

Le ministre semblait à court d'arguments et en venait presque à regretter son dîner :

— C'est vraiment ton dernier mot ?

— Vraiment. Cela dit…

— Cela dit ?

— J'ai une autre idée. Une très bonne idée. Laisse-moi deux jours.

– XXX –

Une demi-heure aurait suffi.

Sitôt sorti de table, Jean-Baptiste quitta la place Beauvau pour rejoindre la présidence de la République cent mètres plus loin. Il avait ses entrées par la rue de l'Élysée et se dirigea vers le bureau de son fils qui travaillait toujours.

— J'ai quelque chose d'important à te dire, fiston. Et si tu ne m'écoutes pas, tu rates un tournant de ta vie.

Jean-Baptiste avait mis un peu d'emphase dans son propos pour être le plus convaincant possible. Il lui expliqua tout d'abord que s'il continuait comme ça à combiner pour un Président peu digne d'estime, il resterait de lui l'image d'un conseiller de l'ombre, spécialiste des basses œuvres. Et qu'il disparaîtrait instantanément des radars médiatiques et politiques dès qu'Exbrayat quitterait le pouvoir. À supposer même que Victor ne l'ait pas sacrifié auparavant pour régler tel ou tel problème puisque c'était sa spécialité. Il n'avait pas hésité à le faire, tout récemment encore.

Charles acquiesça.

Son père enchaîna et lui exposa son plan. Pour devenir un jour président de la République, il n'y avait à ses yeux aucune autre solution qu'un portefeuille ministériel ou un siège de député. Il ne faudrait pas trop compter sur la première hypothèse. Exbrayat ne cessait de rappeler qu'il souhaitait que ses ministres aient un ancrage local. Restait donc le choix que Jean-Baptiste apportait à son fils sur un plateau.

Il lui raconta la conversation qu'il venait d'avoir avec le ministre de l'Intérieur. S'il avait pensé à lui, c'est qu'il était originaire de la circonscription. Son grand-père y était né.

— Donc tu vas y aller ? demanda Charles qui ne savait pas trop où son père voulait arriver.

— Moi non, mais toi oui.

— Tu veux que je me présente là-bas ?

— Chez ton arrière-grand-père. Là où j'ai une résidence secondaire. Tout ça me paraît logique.

— Pas pour moi. Sans médire sur l'Assemblée nationale, ce n'est pas vraiment une promotion que de réussir à s'y faire élire, à supposer que j'y arrive. Entre un poste de député lambda et celui du conseiller le plus influent de l'Élysée, il n'y a pas photo.

— Je te le répète. Tu vas pourrir sur pied dans ce palais. Et, te connaissant, il y a peu de risques que tu deviennes un député comme les autres. Tu useras comme tu l'entendras de ta liberté de parole et c'est ta seule chance de t'émanciper de la tutelle d'Exbrayat. Sinon, il va continuer de te presser comme un citron et il te jettera quand il n'aura plus besoin de toi. Songe un peu au signal que tu donnerais. On te verrait enfin comme un être de caractère et non plus comme la voix de son maître.

— Un toutou, c'est ça ?

— Je n'osais pas te le dire.

Charles parut ébranlé. Il réfléchit quelques minutes.

— Il faut d'abord que j'en parle à Victor.

— Tu vois : le toutou ressort de sa niche…

— Mais c'est la moindre des choses. C'est mon patron. Je ne vais pas prendre ce genre de décisions sans l'avertir. Il faut que je lui demande son avis.

— Il faut que tu lui en parles en effet. Mais pas pour lui demander son avis. Pour lui dire que tu veux te présenter.

Charles fut épaté par l'opiniâtreté de son père qui, devant lui, prit son téléphone pour appeler le ministre de l'Intérieur.

— J'ai réfléchi. Tu vois, je n'ai pas eu besoin de trop de temps. Je crois que j'ai une excellente solution à te proposer.

– XXXI –

Il avait donc suffi d'une nuit. Une petite nuit qui allait changer le cours de la vie de Charles. Méthodique comme en tout ce qu'il entreprenait, il ne perdit pas une seconde. Dès le lendemain, il alla voir Victor pour lui dire sa détermination à se présenter à la députation s'il advenait que la circonscription bretonne fut un jour vacante.

— Parce que tu risques d'avoir des problèmes si tu ne débranches pas rapidement le député Kermaël.

— Ah bon, tu es déjà au courant ? Tu apprends vite. Rassure-toi, je sais comment régler son cas. Avec tout ce que j'ai appris sur son compte, il ne pourra pas me refuser une bonne petite démission pour raisons de santé. Et son suppléant lui non plus ne fera pas le malin. Il trouvera fissa une bonne excuse pour ne pas le remplacer d'office. Le tout est maintenant d'aller très vite pour ne pas polluer la campagne électorale qui va s'ouvrir. Si j'en crois l'Intérieur et la Justice, on a encore un peu de marge. La machine judiciaire n'est pas encore lancée. En politique, il faut toujours avoir un coup d'avance, si ce n'est deux.

De ce point de vue, Victor Exbrayat était le roi de l'échiquier. Il ne pensait pas, il calculait. Il n'avait pas de vision à long terme, il rusait. Tout le temps, avec tout le monde. Et cette observation de chaque instant commençait à peser sur l'humeur de Charles qui, après avoir beaucoup appris au contact du Président, avait fini par se lasser et, parfois, se dégoûter lui-même. Il allait une nouvelle fois en avoir une édifiante illustration.

— Dommage pour toi, mon petit Charles, la place est préemptée.

— Mais personne n'est au courant. Personne ne s'est encore manifesté. Tu me dis ça simplement parce que tu n'as pas envie de me voir partir. Ta confiance m'honore et je serais désolé de te causer de la tristesse. Je sais trop ce que je te dois... Mais il y a un moment dans la vie où il faut savoir voler de ses propres ailes. Et là, ma décision est prise.

— Tu ne m'as pas bien entendu, Charles. Je t'ai dit que la place est prise et j'ai chargé notre ami Chassigneux d'organiser tout cela. À l'heure qu'il est, le coup est déjà parti. On a un candidat, et un très bon. Tu ne vas pas pouvoir lutter.

— Qui ça ?

— Ton grand ami Jean-Baptiste d'Orgel. Il est de là-bas, comme tu le sais. Et on a fait des sondages, il est encore très populaire.

Charles réalisa alors que personne d'autre qu'eux deux ne connaissait les liens qui l'unissaient à l'acteur. Il allait donc falloir trouver une stratégie pour que cela se sache s'il voulait capitaliser sur sa notoriété.

Et avec la même petite moue amusée qu'avait utilisée Exbrayat quelques minutes auparavant pour bien marquer sa supériorité sur la plupart de ses congénères, il répondit :

— J'en fais mon affaire.

– XXXII –

Dès le lendemain, en toute discrétion, Charles se fit domicilier dans la résidence secondaire de son père pour s'inscrire sur les listes électorales de la commune bretonne et donc prévenir les risques d'accusation de parachutage.

Il avait bien réfléchi, le conseil de Jean-Baptiste était judicieux. Il était temps que la chrysalide accouchât d'un papillon qui allait enfin voler de ses propres ailes. Sa fréquentation trop intime de Victor était en train de l'écœurer de la politique. Trop de cynisme, trop peu de panache. Mais comme Charles restait habile et secret, il ne souhaitait pas se fâcher frontalement avec lui. Un jour peut-être, s'il fallait tuer le père... On n'en était pas là. Pour l'heure, il avait besoin de prendre du champ, de respirer un bon bol d'air breton. Il savait que cela passerait par une perte d'influence et sans doute aussi de pouvoir mais il sentait confusément qu'il pourrait mieux rebondir et, à terme, prendre son envol vers de plus hautes cimes.

Restait un obstacle cruellement mis en lumière par la toute dernière remarque de Victor Exbrayat : personne ne connaissait les liens qui unissaient Charles à son père. Il avait besoin d'un plan pour le contourner.

– XXXIII –

C'est avec l'aide précieuse de Florence qu'il put mener à bien son entreprise. Au moment précis où il avait dit oui à son père la veille au soir dans son bureau élyséen, il savait que sa maîtresse copiloterait dans l'ombre sa campagne, ne serait-ce que pour se faire pardonner l'épisode navrant de Samia, séduite puis abandonnée…

Dès qu'elle fut mise au courant de ses intentions, Florence se mit en ordre de bataille. Elle le regarda tout d'abord avec admiration, comme si elle découvrait une autre facette de sa personnalité : ainsi donc il était capable d'audace, ainsi donc il pouvait s'extraire de ce qu'elle appelait sa zone de confort.

Pour répondre à la première urgence de son amant, elle suscita un reportage dans *Paris Match* autour du thème : « Le tendre secret de JBDO : son fils conseiller du Président ». L'article était sucré à souhait, cela émut les chaumières et tous les autres confrères reprirent l'information, sans la moindre connotation négative. C'est ainsi que la filiation cachée se fit connaître partout en France, et donc en Bretagne, ce qui intéressait au premier chef celui qui comptait s'y implanter électoralement.

Charles passa ensuite à la deuxième étape de son plan. Le jour même de la parution de l'article, il alla voir son patron, un petit sourire au coin des lèvres et un peu d'ironie dans le ton :

— Je t'avais promis de faire mon affaire de Jean-Baptiste d'Orgel. C'est fait.

— Alors là, tu m'as bluffé. J'étais à cent lieues d'imaginer… Il y avait bien quelques rumeurs parce qu'il était toujours fourré dans ton bureau mais je n'y croyais guère : tu me l'aurais dit ! Tu es donc un sacré petit cachotier…

— Je ne le sais moi-même que depuis peu. Et c'était à lui de décider d'en parler ou non.

Victor Exbrayat accueillit l'explication sans trop y croire. Il savait bien que c'était son conseiller qui avait fait fuiter l'information. Il avait appris que Florence avait été à la manœuvre et les grandes oreilles de son ministre de l'Intérieur n'ignoraient rien de la liaison – prétendument clandestine – des deux jeunes loups. À cet instant précis, il se dit tout à la fois que Charles avait vite appris à ces côtés et qu'il lui faudrait désormais compter avec ce subordonné en train de s'émanciper. Serait-ce plus tard un rival, resterait-il à vie un allié ? Victor, hélas familier des faiblesses humaines en politique, ne se prononçait pas pour le moment. Mais il demeurait sur ses gardes.

Le chef de l'État était trop fin manœuvrier pour s'opposer d'emblée aux desseins de son jeune protégé. Il donna son accord et promit d'intervenir auprès du député afin d'obtenir sa démission anticipée. Moyennant quoi, avait-il dit, on pouvait encore éviter des poursuites judiciaires.

– XXXIV –

En attendant la démission du député qui mit quelque temps à venir, Charles travailla d'arrache-pied à l'Élysée comme si de rien n'était. Seuls étaient dans la confidence Jean-Baptiste, Florence, Victor et le ministre Chassigneux. Avec lui cela faisait cinq, comme les doigts de la main, et le pacte tint, dans la plus grande discrétion. Charles en profita pour ouvrir tous les dossiers de sa future circonscription et pour les passer au scanner, comme il avait appris à le faire à Sciences-Po puis à l'ENA.

Alors qu'il s'apprêtait à prendre le train pour passer son premier week-end chez son père et découvrir son prochain terrain de chasse, il fut confronté à un premier grain de sable, inattendu : le suppléant, croyant son heure de gloire enfin arrivée, refusait de suivre le même chemin que Kermaël. Il entendait bien siéger à son tour au Palais-Bourbon. Un rapide coup de téléphone à Chassigneux permit à Charles de disposer des munitions dont il avait besoin et, dès son arrivée à Saint-Brieuc, il contacta le suppléant, flatté de pouvoir parler au conseiller le plus influent du président de la République.

Le pauvre était bien loin de penser que sa place était en jeu et que le rendez-vous que lui proposait Charles se situerait non pas à l'Élysée mais... à deux cents mètres de chez lui. Et dans l'heure qui suivait !

Estomaqué et déstabilisé, Loïc Lediraison n'avait guère eu le temps d'affûter une stratégie. En à peine cinq minutes, Charles lui expliqua tout sourires qu'il lui était impossible de récupérer le fauteuil de Kermaël. Il distilla cruellement les informations qu'il détenait depuis son coup de fil au ministre de l'Intérieur. L'autre se décomposa sans combattre :

— Mais dans ce cas, qui se présentera pour défendre les couleurs de notre camp ?

— Moi. Et vous allez m'y aider. Je compte beaucoup sur vous.

Le suppléant restait interdit. D'une voix faible il murmura « d'accord » sans même essayer de faire liste commune avec le jeune ambitieux. Or, c'est ce que Charles redoutait le plus. Les arguments pour l'en empêcher n'étaient pas légion et se retrouver avec un colistier mis en examen dans les mois à venir ne l'enchantait pas particulièrement...

— On peut encore se débrouiller pour vous aider à échapper aux poursuites judiciaires mais il faut faire vite et pour cela, vous devez m'être indéfectiblement loyal.

Tétanisé par l'aplomb de son interlocuteur et peut-être aussi par la perspective d'un procès, Loïc Lediraison avait perdu toute combativité. Il se rendit sans conditions aux arguments du « Monsieur de l'Élysée » et lui promit toute son aide. C'était un agriculteur plus tout jeune, plein de bon sens et sans malice. La franchise l'obligea à dire qu'il fut ce jour-là subjugué par le charisme de Charles. L'entente la plus cordiale s'installa assez vite entre ces deux hommes aux parcours si dissemblables.

Comme il l'avait promis, Loïc se montra très serviable pour ce candidat qu'il n'avait pas désiré, jusqu'à le conseiller dans le choix de... son suppléant. Il ouvrit largement son carnet d'adresses et accompagna sans relâche le jeune conseiller dans ses déplacements, jusqu'à la moindre cour de ferme. Il faut dire qu'à chaque fois, il était étonné de constater qu'on parlait d'abord à Charles de son père et que l'opération séduction déclenchée par Florence dans la presse grand public fonctionnait à plein.

Tout ceci permit au candidat de vivre une campagne alerte et intense pendant quatre semaines où il se réoxygéna, bien loin de Paris.

Au début, Victor l'appelait tous les jours, puis tous les trois jours, puis plus du tout. Il devait être passé à autre chose et il lui faudrait apprendre à se dispenser des conseils de son cadet. Ainsi va la politique, ainsi tourne la roue.

C'est un Charles fourbu mais très gaillard qui se

retrouva en ballottage favorable au soir du premier tour. Les accusations de parachutage avaient glissé sur lui comme l'eau sur les plumes d'un canard.

Une semaine plus tard, il avait gagné haut la main. Désormais représentant du peuple, il trônait au milieu des militants qu'il avait appris à ne pas négliger et qui se sentaient fiers d'envoyer à Paris une pareille pépite. Le plus radieux d'entre eux passa le bras autour du cou de Charles : Jean-Baptiste était fou de joie. Le deuxième étage de la fusée venait de se détacher...

– XXXV –

Après avoir fêté la victoire avec ses partisans, Charles quitta son père pour se promener seul le long de la grève. Le ciel était clair et étoilé. Il s'assit sur un rocher, face à un îlot inaccessible à marée haute. Au centre trônait un château néogothique qui lui faisait penser à celui de *L'Île Noire.*

Il se remémora sa lecture passionnée des albums de Tintin quand, enfant, il découvrait le monde grâce à Hergé. Il se souvint aussi du rai de lumière qui se glissait sous la porte de sa chambre lorsqu'il lisait clandestinement sous ses draps, à l'aide d'une lampe de poche. Derrière la porte, il y avait le monde des grands et de la liberté, celui des adultes qui ont le droit d'aller et venir, et de se coucher tard. De temps à autre il entendait le rire de sa mère, et cela lui procurait un bonheur intense. Il espérait alors – même s'il était en faute – qu'elle entrouvre la porte pour vérifier si son fils dormait bien, et parfois pour l'embrasser sur le front. Mais la poignée ne bougeait pas très souvent... Et Charles avait du mal à s'endormir.

Cette nuit là, dix-huit ans après, il repensait à sa mère qui lui avait tant manqué. Il eut envie de lui dédier sa victoire et voulut se persuader qu'elle comptait parmi les étoiles qui illuminaient le ciel breton. Elle le regardait, c'était sûr, et peut-être aussi le regardaient ses grands-parents, Guillaume et Amina, pour lesquels il avait juré à son père d'aller très loin, très haut.

Pour se dégriser un peu, et pour honorer ses fantômes, il se déshabilla et se précipita dans l'eau froide. Il n'y resta qu'une minute tout au plus mais il était fier de lui. Il se sécha distraitement avec sa chemise et remit à même la peau son costume de tout nouveau député.

Quand il eut fini, il fixa la Lune et la constellation du Taureau et s'écria comme dans son enfance :

— Je serai président de la République !

FIN

À SUIVRE...

DU MÊME AUTEUR *(suite)*

Récits

Les Femmes de ma vie, Grasset, 1988.
L'Homme d'image, Flammarion, 1992.
Lettres à l'absente, Albin Michel, 1993.
Elle n'était pas d'ici, Albin Michel, 1995.
Confessions, Fayard, 2005.
Frères et sœur, Fayard, 2007.
Aimer, c'est agir, Fayard, 2007.
À demain ! *En chemin vers ma liberté*, Fayard, 2008.
Tenir et se tenir, Presses de la Renaissance, 2010.
L'expression des sentiments, Stock, 2011.
Seules les traces font rêver, Robert Laffont, 2013.

Essais

Mai 68-Mai 78, Seghers, 1978.
Les Derniers Trains de rêve, Le Chêne, 1986.
Rencontres, Lattès, 1987.
Lettre ouverte aux violeurs de vie privée, Albin Michel, 1997.
L'Âge d'or du voyage en train, Le Chêne, 2006.
Les cent mots de la Bretagne, PUF, Que sais-je ?, 2012.
Nostalgie des choses perdues, l'Archipel, 2014.
Éloge des écrivains maudits (Prix de l'Académie des littératures), Philippe Rey, 2017.

Biographies

Horizons lointains, Le Toucan, 2008.
Hemingway, la vie jusqu'à l'excès, Arthaud, 2011.
Saint-Exupéry : le cartable aux souvenirs, Michel Lafon, 2016.

Avec Olivier Poivre d'Arvor

La Légende de Mermoz et de Saint-Exupéry, Mengès, 2004.
Rêveurs des mers, Mengès, 2005.
Le Monde selon Jules Verne, Mengès, 2005.
Lawrence d'Arabie, *La quête du désert*, Mengès, 2006.

Livres illustrés

Avec Olivier Poivre d'Arvor

COURRIERS DE NUIT, Mengès, 2002.
COUREURS DES MERS, Mengès, 2003.
PIRATES ET CORSAIRES, Mengès, 2004.
CHASSEURS DE TRÉSORS ET AUTRES FLIBUSTIERS, Mengès, 2005.
LES SOLITAIRES DE L'EXTRÊME, Mengès, 2007.
JUSQU'AU BOUT DE LEURS RÊVES, Place des Victoires, 2010.
EXPLORATEURS ET CHASSEURS D'ÉPICES, Place des Victoires, 2014.
HÉROS DES MERS, Place des Victoires, 2017.

Avec Yann Arthus-Bertrand

UNE FRANCE VUE DU CIEL, La Martinière, 2005.

Poésie

ANTHOLOGIE DES PLUS BEAUX POÈMES D'AMOUR, Albin Michel, 1995.
ET PUIS VOICI DES FLEURS..., Le Cherche Midi, 2009.
UN MOT DE VOUS, MON AMOUR, Le Cherche Midi, 2010.
L'APPEL ARDENT DE JEAN D'ARVOR, Melis, 2010.
PLAISIRS D'AMOUR, Le Cherche Midi, 2014.

Jeunesse

Avec Olivier Poivre d'Arvor

LES AVENTURIERS DU CIEL, Albin Michel Jeunesse, 2005.
LES AVENTURIERS DES MERS, Albin Michel Jeunesse, 2006.
LE MYSTÈRE DES PIRATES ET DES CORSAIRES, Albin Michel Jeunesse, 2009.

Composition et mise en pages
Nord Compo à Villeneuve-d'Ascq

Cet ouvrage a été achevé d'imprimer sur Roto-Page
par l'Imprimerie Floch à Mayenne
pour le compte des Éditions Grasset
en décembre 2018

N° d'édition : 20723 – N° d'impression : 93535
Dépôt légal : janvier 2019
Imprimé en France